不倫の恋も恋は恋

有川ひろみ

幻冬舎文庫

不倫の恋も恋は恋

不倫の恋も恋は恋　目次

不倫の夏

いけない私が快感に変わる時　50

不倫の秋

不倫の冬

プロローグ

独身の若い女性が、中年の妻帯者との恋に身をやつすことは、今や、テレビドラマや小説の中だけの出来事ではない。

私はいわゆる不倫の恋に適齢期を費やした女である。それはもう、ずいぶん前のことになる。その頃は、今ほど不倫の恋が一般的に語られてはいなかった。女性週刊誌で時折、そんな記事を目にするくらいだった。それが今では、一般女性誌が特集を組むほどになった。少女漫画や劇画のテーマとしてもひんぱんに取り上げられるようになった。そして、OLの3人にひとりは不倫の恋をしているとさえ言われている。

私が驚くのは、今、私の身の周りに不倫の恋をしている、もしくはしていた女友だちがすごく多いことだ。私が不倫の恋の渦中にいた頃、私は親しい男友だちひとりと女友だちひとりに、それも1年以上経《た》ってから打ち明けたくらいだった。それほど罪悪感が強かった。

しかし、最近、不倫の恋の話を聞くたびに、私たちをとりまく、愛の不毛を感じずにはいられない。それは、結婚の制度や夫婦関係、家族のあり方が、かつてないくらいにぐらつき始めたことと、何らかの関係があるのではないだろうか。不潔だ、身勝手だ、人を不幸にして本当の幸せはあり得ないと、ありきたりの言われ方で、不倫の恋をする女たちが抹殺されてしまうのが、とても哀《かな》しい。彼女たちは本当の愛の形を求めてさまよう女たちかもしれない。どうしようもなくつらい思いをしながらも、相手の男と深い心の絆《きずな》を結ぼうとしているのかもしれない。

不倫の恋は再び春がめぐることのない、ひとつの季節である。淡く、頼りない光に似た憧れの春。めくるめくような情熱がほとばしる夏。髪を揺らしていった風に寒さを感じる秋。凍《い》てつく冷気といつまでも晴れない灰色の空の冬。吹雪《ふぶき》の中をあてどもなくさまよい歩く極寒の時。ふと気づくと、体は凍りついている。しかし二度と暖かな春は訪れない。

男が妻子と別れて結婚してくれることは99％あり得ない。私の学生時代、最も仲の良かった女友だちは、彼と付き合って2年余りで見事ゴールインした。しかし、こんな例は珍しい。5年、10年と不倫の愛を続けている女の方がずっと多い。

私が自分の経験をふまえ、また、私をとりまく女友だちや、この本を書くために会った女たちの愛を通して、私は不倫の恋の四季を追ってみたいと思う。

有川ひろみ

不倫の春

遅すぎた出会い

不倫の恋のお相手は当然結婚している

不倫の恋をしている女は時として、相手の男との年の差を楽しく思うことがある。

「あなたが25の時、私、5つ！　5歳よ、5歳。嘘みたいね」

女はハシャいで、男は苦笑いする。そして女はひとり呟《つぶや》く。

――何も、5歳の時から不倫の恋をしようなんて思っていたわけじゃない……。

「最初っから結婚してるって思ってたの。だって、彼は39歳よ。自由業じゃあるまいし、普通のサラリーマンなら当然、結婚してるわ。彼が結婚してることには何の疑いもなかった。私が彼を疑わなかった唯一のことかもしれないわね」

直美はあっけらかんと言った。某家電販売会社に勤める直美は23歳。入社してすぐ、結婚してようが、してなかろうが、直美の心は有能で無口な課長に惹《ひ》きつけられてしまった。

不倫の恋のお相手はたいていかなり年上だ。30代後半、40代、50代……。女は自分の心をとらえてしまったオジサマが、20代もしくは30代の初めに恋の勝利者になれなかったとは、これっぽっちも考えはしない。当然、彼はモテただろうし、女の方が放っておかない存在だったと信じたい。

もし彼が独身だったら？　ホモかしら？　まさか、アメリカほど日本は同性愛が盛んではない。俳優のT・Kはホモだって騒がれたこともあったけど、あれは芸能界の話。我々一般人には関係ない。インポテンツかしら？　ふ・の・う！　まさか、コンピュータ技術者にはインポが多いって週刊誌に書いてあったけど、週刊誌は何でも過激なのだ。信憑《しんぴょう》性はない。もしかして、マザー・コンプレックス！　これが一番、ありうる。今も、母ひとり、子ひとりで暮らしているのかもしれない。

こうなると、もはや、独身の中年オジサマには魅力がなくなってくる。自分のかけがえのない愛の相手として、独身中年は失格なのである。

「それでも私は相手が結婚してるかどうか、何となく気になってしまうの。だって、離婚して今はシングルかもしれないし、別居してるかもしれない、奥さんとうまくいっていないかもしれない。私がいいなって思った30代後半から40代の男には、必ず聞いたわ。〝お子さんはおいくつですか？〟」

紀美子はコピーライターである。男が置かれている状況のほころびを何とか見つけ出して、自分の入り込むスキ間を探そうとする。紀美子の周りの男が抱える状況はサラリーマンのそれとは多少、違っている。カメラマンのAは昨日、離婚届を出した。プロデューサーのBはもう別居2年目に突入。デザイナーのCは子供を引きとって、若い女と同居している。もしかしたら、不倫の汚名を着ないですむかもしれない。

しかし、独身の女は何故か、相手の男に対して直接的な〝奥さんは？〟という質問をぶつけようとはしない。特にその男にいくらかでも好意を持っていたら、妻の存在を意識している自分を相手に知られたくはない。男の家庭の状況を象徴するもの、それは子供である。紀美子のように、子供に関しての質問をさりげなくする女はかなり多い。子供の話題に対する男の反応で、うすうす、男の置かれている立場がわかる。

「まだ、半年でね。毎日、ドラマだよ」

「上が小学校4年で下は幼稚園」

「いや、子供はいません」

その言葉の先に隠れている事実を女は探ろうとする。あっけないほど簡単に、妻の存在を明らかにする男もいる。それだけでなく、妻の人となりを説明してしまうことさえある。

「女房は子供で手いっぱいでねぇ」

「上の女の子は女房にベッタリで、あまり可愛くないんですよ」

「残念ながら、女房はいましてね」

男は本当のことを言っているかもしれない。その女に気がない場合は特にそうだ。しかし、もし、男がその女に何かこだわりを持つ時、男は決して女房をほめはしない。もし、男が慎しみ深ければ、自分の係累をけなしこそすれ、ほめはしない。女は最初の印象で〝自分の愛で夫婦の、家庭の不毛から救い出さねばならない彼〟のイメージを持つのは危険である。

こだわりの左手くすり指の指輪

「まず、左手のくすり指を見るわよ。最近は多いでしょ。男でもマリッジリングしてる人。それで妻帯者かどうか見分ける。見分けたからどうということはないけど。ただ、私はマリッジリングしてる男は嫌いなの。私の結婚する相手にも指輪はさせないわ。もし、結婚できればの話だけど」

そう言っていた和子は結局、結婚して男に指輪をはめさせた。「あれは取り消し！」と言って笑うと、私にブーケを投げた。男も女も不倫の恋の最中では、心が揺れ動く。口から出る言葉が真実だと信じて、相手を追いつめていく人間には不倫の恋はできない。

左手のくすり指にこだわる女は多い。私は大学生の頃、左手中指に銀色の指輪をしたポルノ映画のカメラマンと付き合った。彼は結婚していなかった。女と同居していただけだ。次に付き合ったCF制作会社のプロデューサーは左手くすり指にかまぼこ型の指輪をしていた。結婚5年目、別居して半年だった。出会って半年後、彼は離婚した。「今日、離婚届を出した」と電話してきた翌日、彼に会った。彼の左手くすり指にあの指輪はなかった。しかし、まっ白な指輪の痕《あと》が私には眩《まぶ》しかった。

「その指輪の痕が消えたら会いましょうね」

そう言って、それ以来、私は彼に会っていない。それからは、指輪をしている妻帯者とは恋をしたことがない。

お見合い不倫はあり得ない

「私の不倫の恋の相手は、私の隣に座っている総務課長よ。よくあるケースだって友だちは言うけど、普通の恋愛だってそんなに遠い関係の人とは成り立たないと思うの。友だちの紹介か仕事仲間、さもなきゃ、お見合いでしょ。不倫の恋にお見合いはあり得ないし、友だちの紹介っていうのも少ないし。仕事関係、仕事のパートナーが不倫の恋の相手になるのはごく自然なことよ」

I商事に勤めて3年、25歳になる幸子は不倫の恋歴も3年。入社した時、次長だった彼はこの4月、課長になって幸子の隣の机に移動してきた。課の中でただひとりの4年制大学卒の幸子は次長の彼に嘱望され、喜んで残業もし、次長のパートナーとして男性以上の責任を求められていた。

独身の男を求めて結婚相談所の門をくぐるよりも、身近で自分を必要とし、自分もかけがえのない相手と思える男がいるなら、女はロマンスを選んでしまうかもしれない。たとえ、それが妻帯者であっても。

「もっと早く私が生まれていたら、こんなに苦しまなくてもよかったのに」

そう泣きくずれる女は、不倫の障害が、普通の情熱を、燃えたぎる情熱に見せてしまうことに気づいていないことがある。遅すぎた出会いをチャラにする何ものをも、男も女も持っていないのである。

恋のモラトリアムは最初のデートから

何が男の格を下げるかわからない

どんな恋でも初めてのデートは胸が躍る。決まった恋人がいなければ、顔も見たくないほどイヤな奴ならいざ知らず、男性とのデートは心を華やかにしてくれる。何、着てこうかな。どんな店に行くのかな。待ち合わせ時間のちょっと過ぎに行った方がいいかな。まさか下着の色にまで神経を遣うことはないだろうが、普段、見過ごしていたはげかけたマニキュアやニキビの痕がひどく気にかかるのが、初めてのデートだ。

しかし、妻子ある男性からのデートの誘いにどう対応するかはちょっぴり難しい。

「ドーナツよ。ドーナツのまわりの砂糖の粒。このおかげで私は不倫の恋に落ちなくてすんだってわけ」

某酒造会社の広報部を今年の初めに辞めた森本佳子は、大きなお腹《なか》をさすりながら言った。

佳子は入社したての20歳の頃、打ち合わせでCF制作会社のディレクター、辻真一と出会った。辻は43歳だった。辻は佳子が短大時代、クラブや合コンではついぞお目にかかることのなかった、大人の男性だった。何より、職業柄には似合わないグレーのスーツがビシッと決まっているのが印象的な男だった。打ち合わせのあと、スタッフ5、6人と一緒に食事をした時も、辻と佳子は何となくふたりだけの話題に終始していた。

「辻さんは大学時代、映研でね、私も映画のサークルにいたから。でも私は、辻さんの気品に満ちていてキザじゃない雰囲気に、涙ぐみそうになるくらい、この人に会えて、この人の隣に座れてよかったと思ったの」

それから5日後、辻から「芝居の切符をもらったんだが、あなたの見たいと言っていた芸術座だけど一緒に行きませんか」と電話がかかってきた時、佳子はすぐOKした。心のどこかで、私と辻さんは突拍子もないことになるかもしれない、でも、それでもいいと思っていた、と佳子は言う。

「ところが、その芝居は途中で休憩が入るの。彼が「外で休みますか?」って言ったんだけど、私は「いいえ、いいです」って断ったの。で、彼だけ外へ出ていったの。たぶん煙草でも吸いに出たんだろうなと私は思ってた。そのうちに私、トイレに行きたくなって外へ出たの。で何げなく振り返ると、通路のソファであの彼が、袋入りのドーナツをパクついてるじゃない。意地汚い顔して。そこで声をかけると彼の立場もなくなると思って、こっそり席に戻ったけど」

佳子は、何くわぬ顔で戻ってきた辻から、次の幕が開くまで高邁《こうまい》な演劇論を聞かされることになった。佳子は何も耳に入らず、辻のあごの辺りについている砂糖の粒ばかり眺めていた。

恋のモラトリアム、生かすも殺すも男次第

妻帯者の男から二度目のデートに誘われた時、それを手ひどく断っても、男は「仕方ない」と思ってしまうだろう。彼にははっきり言って資格はないのだから。いや、資格がないことをちゃんとわかっている分別のある男でなければ困る。

二度目のデートに心がときめいてしまう時、女の心はもう妻帯者の男に惹きつけられている。しかし、何故、彼が再び女を誘ったのか、よく見極める必要がある。彼は若い女の、弾力ある肌やすべすべした感触を求めているだけなのかもしれないのだから。

「私は結局、彼と体の関係を持つことになってしまったけれど、それは彼と初めてのデート

をしてから1年後でした」

　宮島郁子は27歳。某コンピュータソフトウェア会社に勤める、プログラマーである。短大の英文科を卒業したあと、コンピュータ専門学校へ2年通い、その後今の会社に入った。

「秘書や事務はイヤだったから、何か技術を身につけようと思ってたんです。ソフトウェアの開発はチームでやります。皆がアイデアを出し合って仕事が進んでいきますから、ひとつのソフトが仕上がった時の充実感は素晴らしいんです」

　郁子は男性社員と同じように、あわただしく夕食をとり、残業をしていた。特に彼女の発案で具体化したカロリー計算ソフトについては、夜遅くまで男性社員と意見を闘わせたりもした。

「彼はチームのボスで、元大手メーカーで科学技術用の大型コンピュータのプログラムを開発していました。でもパソコンのプログラムのように個人の発想でいくらでもおもしろいものができる方がいいと、この会社にきたんです。出会った時、彼は37歳でした」

　彼は郁子のアイデアを重視し、これからは女性がコンピュータを駆使する時代だと励まし、指導した。が、郁子は純粋に彼の期待に沿うよう頑張っているふりをしていただけだと思う、と言う。

「夜、食事もとらずに残業する日はスタッフ全員で飲むこともありましたから、初めてのデートがいつだったかということは、はっきりわかりません。ただ、私が入社してすぐ、彼は個人的に昼食に誘ってくれました。そのことは誰も疑いません。だって周りは新人社員とボスとの交流を円滑にすると思っていたでしょうし、彼のチームに配属になったのは私ひとりでしたから」

仕事がふたりの間にある時、セックス抜きの信頼関係が出来上がる。仕事なしの不倫の関係の場合は特別に時をもうけなければ、ふたりの親密度は増していかない。女は相手の男の気持ちを手さぐりでつかまえようとする。男がもしかして肉体だけの関係を求めているかもしれないからだ。しかし、男の方もあわよくばという気持ちと、面倒なことは困るという気持ちで女を見定めている。

たとえ、初めてのデートで自分の気持ちがもう引き返せないところまできていても、何とか自分は独身であるという自尊心と自負を持ち続けないと、中年のエジキになってしまう。肉体関係を拒否しながら会う期間に、女の心は男の中へ落ちていく。この期間を自然に作れるのが、仕事を媒介としているふたりである。

宮島郁子が彼と肉体関係を結ぶまでの1年間、彼女も彼も心のたかまりを抑えたり、ほとばしらせたりしながら、愛を確かめてきた。その後の肉体関係は愛の再確認になる。

最初のデートで胸の痛くなるほど熱い思いを感じても、それから肉体関係を結ぶまでの間を女は大切にする。もし妻帯者の男側に立って言うなら、いかに上手にその期間、女に自分の魅力をわからせるかが、不倫の恋の成就にかかってくる。若い男と同じような、ギラついた性欲で彼女たちを屈服させようとしても無理である。

逆に言うなら、その期間、女を虜《とりこ》にできるだけの内面的魅力がなければ、不倫の恋の相手としてはふさわしくないのである。

初めてのキスは悪魔の香り

不倫のキスには五つの傾向がある

クラブや海で知り合った若い男となら、出会ったその日にキスをしても甘い思い出になることが多い。そのままベッドインして恋人同士になって、結婚しちゃうこともある。

不倫のキスはどうかというと、どうも五つの傾向に分かれそうだ。しかしその行きつく先は決まっている。恋の奈落にストンと落ちる。

〈傾向1〉恋のモラトリアムが十分熟しすぎてしまって、万感の思いをたぎらせ、唇を合わせる。女の目から、ツツーッと涙すら流れる。

〈傾向2〉茶目っ気のある女の場合、つい若い男と混同して、気楽にチュッとやる。男が誤解する場合、多し。

〈傾向3〉〝ン？ してしまった。よいのかなぁ〟と、予期していたものの、女は面くらう。タクシーの中で頻繁に起こる。

〈傾向4〉〝エッ！ ウソ〟と全く予期せぬ場合。この時突然、男への愛が猛烈に湧《わ》きあがる女。男の作戦勝ち。

〈傾向5〉キスの間じゅう、罪悪感にさいなまれ続けている。ごくまれに、キスの関係だけで終わる場合のキス。

「初めてのキスっていうのは事故のようなものよ。それよりスキンシップが日常化していくことの方が恐いの」（20歳・陽子・ＯＬ）

「それまで生き方とか、考え方を話し合ってきたふたりにとってキスは、肉体的な関係を進めていくエントランス」（25歳・明美・編集者）

「もしふたりが大人なら決してキスでは止まらないし、愛し合うことは肉体的なものも含めてだから、一線を越えることの通行手形」（24歳・宣子・ＯＬ）

「二度目のキスをどこでどうやるかという共有の犯罪者意識を持たせる。ああ、何かにズルズル引きずられていくというスリルと快感と不安」（26歳・智子・歯科技工士）

愛してる！　愛してる！　愛してる！

キスをすることでこれからふたりの関係は行きつくところまで行きつくのである。特に女が意識的にキスをした場合ですら、男に警戒心を持たせるどころか、女は自分の気持ちに改めて気がつくことが多い。男からの強引なキスも女を警戒させはしない。特に恋のモラトリアムを経ているのなら、ふたりの間を進展させるには好都合だ。

この先、ふたりを押しとどめようとするものは女の気持ち以外にない。しかし、もう、この段階で女は男に心奪われているのは確実である。もし、ここに別の男が現われるか、さもなければ、女にすでに恋人がいて、女の心のどこかに中年男と浮気するだけよという気持ちが潜んでいない限り、女はもう立ち止まることはできない。

キスのあと、冷静になった男が女の目をまっすぐ見つめて「好きだ」と呟いたら、女はもう何も制するものを持たない。〝愛してる、私もこの人を愛してる、愛してる〟、胸は張り裂けんばかりになって、我を忘れる。

初めてのキスは悪魔の香り。甘くほのかで、一度味わったら忘れられない魅惑のささやき。

不倫の恋に落ちやすい女の研究

不倫の恋ってどんな恋?

一口に不倫の恋といってもいろいろな不倫の恋がある。

私はこの本で不倫の恋という時、たとえ形が正式ではなくても、本当の愛と呼べるものを対象にしたいと思っている。その人がかけがえのない人だから誰にも渡したくない。本当に好きな相手であることをお互いに認めている関係。

以前、とある新聞の家庭欄で、高校生の性について現役の高校生5人の座談会の模様をルポしていた。彼ら（女の子ふたりを含む）は、本当に好きなら肉体関係があっていいと言う。

そこで司会者である記者が聞く。

「本当に好きってどういう意味?」

「ふたりともお互いのことをよくわかっていて、ありのままの自分をさらけ出せるような関係。そしていつまでも一緒にいたいと思えるような人だと思う」

17歳の彼らが感じるのと同じ気持ちを、感じてしまった相手がもうすでに結婚して、家庭を持っていた！　その時「この人、妻子持ちだからダメ」と簡単に割り切ることが、〃人が踏み行なうべき道〃だと頭ごなしに言えるのだろうか。

韓国のトップ女優が、１９８４年8月19日、姦通罪で逮捕された。韓国ではいまだに刑法に姦通罪があり、結婚している者が配偶者以外の者と情を通じた場合、配偶者の告訴で罰せられるのである。

だからこそ、そういった法律はないにせよ、日本でも不倫の恋は人の行なうべき道にはずれた恋なのだろう。しかし、そんなに人の心は単純明快なものだろうか。

自己満足のファッション不倫

とはいうものの、不倫の恋には、これぞ本当の恋、本当の愛、と本人同士が、またはどちらか片方が思っていない場合も多々ある。

最も古典的なところで、男の浮気がある。男の気持ちが本気か浮気かを何で判断するかはひどく難しい。これについては別に譲るとして、女側の意識を考えてみる。

大人の男性のお金と権力だけを利用したいという、最先端をいく女たちがまずファッション不倫の主人公になる。

編集プロダクションに勤める29歳の成田光枝は、仕事上で知り合った某大手出版社の、42

歳の妻子ある編集者と4年付き合って別れた。

「仕事を次々とやらされるばかりで、何の指導もしないプロダクションの余裕のない上の連中と違って、彼は私の原稿の『てにをは』から、企画のたて方まで教えてくれたわ。タレントや有名人のコネや人脈もすべてくれたし、アウディでドライブ、食事は高級レストラン、ホテルもシティホテル。私が彼にしてもらえることはもうかなり飽和状態。ひとつ年下の恋人と事務所を持つつもり」

相手の金、権力、人間的魅力をフル活用するだけして、「バイバーイ」と若い恋人と手に手をとって去ってしまう。これでは独身の若い女と中年オジサマのカップルというだけで、本当の恋とは呼びがたい。

もうひとつのファッション不倫は、「私ってちょっと変わってるの」という言葉に弱い女の子たちの不倫である。同世代の女の子が同世代の男の子と付き合っているのを横目で見ながら、自分だけ、大人の男性と大人の恋をしているという優越感に浸っている。

彼女たちの狙いは男の金と力ともいえるが、むしろ自分の自尊心やプライドのために中年男性の存在自身を利用している。

こういうのももちろん、本物の恋とはいえないだろう。

人の持ち物、盗んでみたい

恋は障害があるほど燃えさかるという。ドラマチックな人生に憧れる気持ちは誰もが持っている。だから障害はちょっとした恋を大恋愛に見せてしまうことがある。

愛する気持ちがこうじれば男を独占したくなるし、夜、家へ帰っていく彼に胸が締めつけられる思いがする。奥さんに対してのジェラシーの炎も燃えさかる。

「絶対に奥さんに負けまいと頑張ってた緊張感が、あっけないほど簡単に奥さんが別れると言ったことでプツッと切れちゃったの。今、彼と同居してるんだけど、ベッドの寝顔をボーッて見てたらシミがふたつプチッとあるの見つけて、ウンザリしちゃった」

歯科技工士の智子は言う。

自分の恋心の分析をしてみるのは難しいかもしれないが、これでは何のための恋、何のための苦しみかわからなくなる。結局、智子の彼は奥さんとヨリが戻ったという。

陽だまり世代の20代の女たち

自分の楽しみでもなく、ヒトのものだからでもなく、お互いに世界でこの相手しかいない、だからいつもそばにいてほしいという、本物の恋としての不倫の恋。

しかし、何故、彼女たちにとって不倫の恋でなければならなかったのだろう。何故、そんなにも年上の男性でなければならなかったのだろうか。

今、不倫の恋をする女たちを20代とする。

20代の女たちにはふたつの傾向がある。ひとつは、同世代の男たちとの遊びを媒介にした付き合いを好む女たちである。よく投書欄で見かける40代の女からの投書で、こういうのがある。要するに今の若者は男と女がデートしても何も話さず、漫画ばかり読んでいる。ふたりの間に何のコミュニケーションもないのだろうか。またある新聞には、〝今の若者はふたりっきりのデートよりもグループ交際する方が増えている〟という記事もあった。

ふたりの愛を育てるという深刻さよりも、大勢の友だちと一緒に騒ぐ陽気さに向いている20代の女たちがいるのである。そして趣味が共通の人間たちのカップルが寄り集まり、カップルの多くは結婚し、家庭を持つ。これはたいてい学生時代に出会い、社会人になると同時に結婚していくケースである。

不倫の恋に落ちる女たちは、そういった今の時代の主流に乗り遅れてしまった女たちである。

20代の女たちはことさらに男女平等を叫ばれた世の中で学生時代を送ってはいない。共学が増え、自然に男女が同じ土俵の上に立っていた。勉強面を考えても、女はその律義さからノートをよくまとめ、覚え、よく勉強し、その結果、男と対等かそれ以上の成績を修めることすらあった。

しかしながら、彼女たちの多くは自分の恋人は自分より頭がいいか、仕事のできる人、せめて自分と同じくらいの人と考えている。

ところが学生時代を終え、社会に出ると、男女の置かれる場所は一変する。自分の生きがいを結婚や遊びだけにしてしまいたくない20代の女たちは、20代の男たちの変貌に驚く。20代の男たちはことさらに男女平等を叫ばれていないだけに、世の中に出て男社会に浸《つ》かると男上位にあぐらをかき始める。彼らの口ぐせは〝女は成績はいいけどな〟である。社会に出たばかりは余裕がないから、学生時代には耳も貸せた女の辛辣《しんらつ》な意見も無視するばかりだ。男たちは疲れる。自分勝手になっていく。

20代の女はそんな同世代の男にうんざりする。そのうちに地位のある、物事を多く体験した包容力のある30代、40代の男に心惹かれるようになるのである。若い男は決して自分の生活の中に女を入れ込むスキ間を作ろうとはせず、自分の生活を押しつけるだけであることを女は悟る。

40代、日常生活の冒険

離婚できたらいいなと夢想している40代の男は世の中にゴマンといる。妻が死んでくれたらと心ひそかに思っている男さえいる。そこへ不意に若い女が現われる。忘れかけていた青春の香りがする。かげろうを見るのである。愛の幻を見るのである。やわらかい肌、くるくる変わる表情、華やかな笑い声、愁いをたたえた瞳。日常生活の逃避の手段として若い女との情事ほど楽しいものはない。

40代の男の殺し文句は、

「僕たちの時代には本当の恋愛をして結婚するというのは少なかった。女房とは見合いだ。君と出会って初めて、恋をした。恋を知ったんだ」

である。事実、本当に恋に目覚めてしまった40代の男もいるらしい。しかし、子供が中高生になり、分別のつく年頃になってくる。長年連れ添った女房はいる。女房との間にはもはやきらめきはないが、いぶし銀のような日常が横たわる。その日常を本当に崩せるのか。社会的地位が揺らぐことや、世間的評価のあれこれに耐えられるのか。

否！　決して彼らは翔《と》べる男たちではない。彼らはそこまでロマンチストではなく、強固な意志を持ってもいない。彼らは時代の保守に組み敷かれてきたのだ。若い女との恋は日々の生活の読点にはなっても、日常生活の句点にはなり得ないのである。

40代の男のもうひとつの常套句《じょうとうく》がある。

「僕は女房とは別れないよ」

と大宣言をすることである。こういう男はこれを恋の手管《てくだ》にしている。その心理の裏には自分が誠実であることを誇示したいのだ。自分の行為を正当化しておかねば落ち着かない。いわゆる〝保身〟をはかる男なのである。

ファザー・コンプレックスとの関係

ファザー・コンプレックスに関して、女側の家庭環境が不倫の恋に色濃く影を落としていることは見逃せない事実である。

「彼と出会って、彼と接していると、年上でこんなにも優しくて、話をよく聞いてくれて、私を理解してくれる人がいるのかって感激してしまったんです」

デパートに勤めて4年、26歳になる長坂美子は言う。美子の父親は厳格だった。美子には3つ違いの弟がいたが、弟には放任主義であった。だが、こと美子に関しては、帰宅が遅いと言っては怒鳴り、男の子からの電話も勝手に切ってしまう。

「よく、そういう父親って、本当は娘が可愛いんだなんて言うでしょう。テレビドラマだったら、物陰でそっと娘を見守ってるとか。うちの父に関する限り、そんなことなかった。一度として親身になって私と話をしたことなんてなかったもの」

美子の父にはスキがなかった。だから甘えようとさえ思わなかったという。美子はある服飾メーカーの営業部長である彼と知り合って、年上の男性の温かさを知った。美子の場合、父親が存在していながら、その父に失望して少女時代を送った。

イラストレーターの寺田理枝子（24歳）の場合は、父の不在がファザー・コンプレックスにつながった。理枝子の両親は理枝子が小学生の時に離婚した。理枝子は母親に引きとられ、母は再婚せずに今に至った。理枝子は母親の方針で、23歳になるまで父親と顔を合わせることはなかった。どんな父親でも父と名のつくものがいる誰をもうらやましく思って育ったという。

理枝子も不倫の恋に落ちる。相手は20歳年上の同じイラストレーターである。

「もしかしたら、お父さん代わりに彼を見ているのかもしれないのね。でも、それでもいいじゃない。よく娘を嫁に出したくなくて見合いもさせない父親って聞くし、娘の方も父親と同じような人をって言うんでしょ」

理枝子の心にある父親のジグソーパズルは、彼という一片がはまって完成してしまったのかもしれない。

どんな女が不倫の恋に落ちやすいか

どうやら、不倫の恋に落ちる女のタイプはいくつかありそうだ。

〈タイプA＝ミーハーな女〉

「私ってちょっと変わってるの」という言葉に100％優越感を覚えている。ただ何となく容姿に憧《あこが》れたり、金や権力に魅《み》せられている。プレイボーイの不良中年の格好のエサになってしまう。体だけ許して遊ばれ、捨てられると、「私は本当に愛していたのに」と泣きわめく。自信過剰で、結局、本当の愛などは考えたことがない。だから同年輩でいい男が現われるとすぐ、そちらへもなびいてしまう。

〈タイプB＝キャリア・ミーハー〉

キャリアウーマンで仕事ができる女。仕事がおもしろくて、男との恋愛にさく時間も、心の余裕もない。一緒に泊まってくれと言われたり、毎日会わないと気がすまない男は面倒でイヤだ。奥さんから横どりして、真剣に将来結婚を考えるなんてチャンチャラおかしい。

「奥さん、今夜もありがとう」と、男をさっさと妻子の待つ家へ帰してしまう。大人の彼の金力と権力だけで付き合うのはタイプAと同じだが、ちゃっかり、自分のために利用できるしたたかさがある。

〈タイプC＝ファザー・コンプレックスの女〉

父親の愛が稀薄で育ってきたせいか、男に父親的愛情を求めようとする。父性と愛情の哀しき錯覚。いつまでも〝お嬢さん〟でいたがるのはシンデレラ・コンプレックスとも通じるところがある。

〈タイプD＝屈折した女〉

家庭環境が普通と違っていて、幼くして大人の世界をのぞいてしまった女。同世代の男との恋愛がおままごとのように他愛なく思える。年上でも人生の修羅場をくぐってきた男に惹かれる。未婚の母も辞せずの固い意志がちょっと恐ろしい。

〈タイプE＝ホントにしっかりしたいい女〉

聡明なだけに、同年代の男のすること、なすことが子供に見えて疲れてしまう。ボーイフレンドとしては多くの同世代の男たちと付き合うが、恋人には物足りないと感じている。年上の相手には甘えるばかりでなく、同等の立場で議論する。相手の男も女の言うことに〝ウーム〟とうなずかされる何かを見出し、自分にはない何ものかを女から得られる。男は一瞬、女が自分より10歳以上も年下であることを忘れる。もちろん食事代、ホテル代も割り勘でかまわないと女は考える。

この5タイプの女の要素がいくつか混じり合って、不倫の恋に落ちる女が出来上がる。

不倫の恋に向く男の研究

喫茶店やパブでひとりぼんやり座っている時、周りの男たちを知らず知らずのうちに観察している時がある。この男《ひと》は不倫の恋をするかな、しないかなと思いながら見ている。

1．髪型

もちろん若い男性と同じように黒々としているにこしたことはない。が、長髪は遊ばれてしまいそうな気がする。スーツの衿足《えりあし》に髪がずっているようなのは絶対、パスしたい。白髪まじりは短く刈り込んでいるといい。困るのはハゲではなく、ハゲかかっている男だ。ちゃんとハゲてしまえば、それなりにある毛を短くしてなでつけておけばいいが、ハゲかかっているのを、額が広いのだと思いたいがために7・3にして、それもなでつけず、フワフワさせている男はどうしようもない。

2．ファッション

まっ白なワイシャツ、紺系のスーツ、紺のたてじまネクタイは、不倫の恋ができそうもない。別にダサいからではなく、おしゃれ心がないからだ。センスのいいジャケットを着ていたり、タイピンに凝っていたり、ワンポイントの遊びがほしい。

何故、紺のスーツがよくないか、それはキッチリとした家庭を想像させるからだ。不倫の恋をする男は必ず、家庭に、否、妻に何らかの不満を持っている。その不満がスキになったり、魅力になったりして、若い女の子が恋するようになる。不倫は必ず、男性の装い方に表われる。どんどん、だらしなくなっていく男は、酒か賭《か》け事に溺《おぼ》れていく。女の温かさをほんの少しでも得たいと思っている男は必ず装うことに心を砕く。それも自然に。

3．体型

もちろん、スマートにこしたことはない。が、お腹が出てきてもそれが包容力に見えれば、逆に大きな魅力になる。それにはゴルフウェアのようなものは着ないこと。お腹が出そうだと思う男性は、早めにスーツをダブルにかえておくこと。ダブルのスーツはかっぷくで着るものだ。

素敵なオジサマを気取るより、無類の優しさを持つオジサマを心がける。ファッションにお金を使うより、安心をいかに女の子に与えるかを考えてほしい。

下手に若ぶる中年男はミジメに見える

誰が中年のオジサマに六本木のカフェ・バーに連れていってもらいたいと思うだろうか。若い女たちはそんなところへ行こうと思えばいくらでも行けるのだ。

「あそこのちぃずけぇきはおいしいよ」

などとささやかれたら、背筋は寒くなるし、あっけにとられてオジサマの皺《しわ》のある顔をマジマジと眺めてしまうだろう。若い女にはうかがい知れぬ世界を垣間見せてやるのがいいのだ。新橋の小汚い路地を入った頑固そうな親父のやってるおでん屋、薄幸そうな美しいおかみのいる小料理屋。うって変わって、一流ホテルのラウンジ、銀座の高級レストラン、赤坂のバー。

いつも同じ店ばかりではあきてしまう。食生活が淡白になっているからといって、生魚の小料理屋ばかり連れていくと、女はへきえきする。かといって、若い連中の行く店を研究する必要はないのだ。男は自分の年齢に応じて知るべきこと、やるべきことをまっとうしていればいいのである。

だから、麻雀《マージャン》に目のない男はちょっと不倫の恋に向かない。しかし、飲み歩く男は行った先々の店での人間関係も出てくるから、会社一辺倒にならず、柔軟な物腰で女の子に接することができる。これは重要なことだ。決して若ぶる必要はないが、若い女のすること、言うことを受けとめてやれる素直な性格と、柔軟な頭がなければ、どんな素敵なオジサマでも、女の子は本気で付き合おうとは思わない。頭ごなしにいいものと悪いものを決めつけてしまう人間は、問題外である。もし、ある男がひどく日本酒が好きだったとする。昨今のワインブームを苦々しく思っていたとする。付き合った女の子はワインをいつも頼む。その時、もしこの男が、「君ね、ワインっていうのはその昔……」と延々、ワインをケナし続け、「君もそういうハヤリモノを飲むもんじゃない」と説教したら、男は不倫の恋の相手として失格である。女の子を真似て、ワインを飲む男もダメ。ワインがどんなふうにおいしいのか聞くこと。そしてそれを認めた上で自分は何故、日本酒が好きかを、世間話の一環ですればいいのである。

何事にも好奇心のない男は、不倫の恋をすることはできない。

決して負け犬になってはいけない

ごく単純なことだが、権力や金はある方がいい。30代も後半か40代になれば、自分がこの先、どのくらいの地位になるかくらい見えてくる。その時、出世街道をバク進している男はいいが、そうでない男はどうするか。自分の今の境遇に自信を持つことである。テクニック的にいえば、相手の女の子を説得できる何ものかをこじつけることである（しかし、賢い女はすぐそのこじつけを見破るが……）。

葉子は、冴《さ》えない上司が星を見るのが大好きで、SFの大ファンと知って恋に落ちた。「一体、出世や地位が何になるというのか。男のロマンを追うことで、社会の序列から飛び出してしまっても何の負い目も感じはしない」

　このくらいの気概があれば、女の子は必ずついてくる。上司のグチや同僚へのネタミを決してオクビにも出さないこと。ただひたすら出世コースを邁進してきた男は、どこかに哀愁を漂わせていなければいけない。


　千葉和子は、彼がタクシーに乗って、深く大きな溜息《ためいき》をつき、「オレはついてる……」と呟いたのを聞いて、彼に心が傾いていった。彼はM食品の企画課長で、いつも自信に満ち溢《あふ》れた男だった。その彼が社内の不評を無視して通した企画が見事、当たった。和子は、彼が大笑いで「ハッハッハ、こんなもんだよ」と言い放つと思っていた。かたわらの彼は眉間《みけん》に皺を寄せてリアシートに沈んでいる。和子は思わず、彼の手をそっと握りしめた。

　男に自分の生き方のポリシーがないと、女は目もくれない。何故、自分はこう生きているのかということが見えていない中年男ほど無様なものはない。

不倫の恋をする男は100%優柔不断

　生活に追われている人や残業残業で忙しすぎる人は向かない。そして一番大切なのは、すべてに満たされていると、今の自分の生活を錯覚している男には絶対、不倫の恋はできないということである。たとえ外面上は満たされているように見えても不倫の恋に落ちる男には、思い惑う何かがあって、それが心の痛みや生きていく上での不安になっている場合が多い。〝彼の良さは私でなきゃわからない〟と女に思わせればしめたものである。

男がある生き方を選ぶ。しかし男はどこかで虚しいと感じてもいる。決して現状不満というのではない。物事のいろいろな面が見えてしまう。こういう見方もある。ああいう見方もある。価値を確定できないともいえる。これは、裏を返せば優柔不断なのだ。

不倫の恋をする男は優柔不断な男である。一口に言ってしまえば、それは非難になってしまうかもしれない。しかし、彼には結局のところ、断定することが悪だとさえ思えるのである。もし優柔不断でなければ、浮気と割り切って女と付き合えるだろう。浮気では付き合えない。本気なのだ。本気だけれど、妻も捨て切れない。人間としてのもろさ、弱さをいっぱい持っている男。だからこそ、若い女の心をくすぐるともいえるのである。

不倫の夏

いけない私が快感に変わる時

何が不倫の恋の魅力といえば、彼の公と私の両面を見られることである。特に彼と同じ職場にいた場合は。

男は仕事をしていると、ただ年が離れているというだけでも、りりしく見えるものなのである。自分と同い年くらいの男が右往左往している時に、年配の男は自信に満ちた態度で、仕事にたずさわっている。その姿に、自分の入り込めない何かを感じずにはいられない。たとえば、部下を叱《しか》りつけている彼を目撃するとする。その時、女は何を考えているか。彼が自分とふたりでいる時に見せる甘えた表情、子供っぽい仕草を思って、必ず、満ちたりた笑いをこらえている。彼の本当の姿、知っているのよ。

突然、その時、彼と目が合ったりする。

「何、ボサッとしてるんだ、あの書類はできたのか？」

女は驚く。

「あっ、いえ、まだ……」

「早くやりたまえ」

ハイ、ハイと心で呟きながら、他人の顔の男に背を向けて女は退散する。この時、完全に女は男と共犯意識を持つ。同時に、彼と私は対等なのだという特権意識も感じている。

何だかんだ言っても、彼は私がいなきゃ仕事もできないのよ。女は優越感に浮き立つ。他愛ない日常の中で、仕事場とプライベートでのアンバランスなふたりの関係が、やけにドラマチックに思える。男の、人前でのビジネスライクな口のきき方だけでも、胸がゾクッとしてしまうのである。

ところが、おもしろいことに、時として男が人前で無視することに、悲しくなる。人に知られてはならない関係なのだから、世間に後ろ指をさされる関係なのだから、仕方ないと女はわかっている。わかっていてもつらくて悲しくなる。

だから帰りの電車の中、窓ガラスに映る自分を見て、ふと涙を浮かべる。

「どうしてあんな人、愛してしまったのかしら。こんなに可哀相な女の子は世の中で私しかいないわ」

「でも、あなたは悪いことをしてるのよ」

「それを言わないで……」

「現実を見つめなさい」

「だって愛してるの。奥さんよりも私の方が彼をよくわかっているわ」

「もしかしたら、彼は奥さんにもいい顔してるかもしれないわよ」

「そんな！　そんなことないわ！　でも……」

女は自分の心の中の、もうひとりの自分と言い合いをする。もうひとりの自分は女を痛めつけ、さいなみ、悲劇のヒロインに女を仕立て上げる。女の胸の中は不安でいっぱいになる。矢も盾もたまらなくなって、彼の自宅に電話をしてしまう。

「もしもし……」

奥さんの声がする。ガチャン。女は受話器を置く。ますます、言いようのない不安感が広がる。仕方なく、ひとりで酒を飲みに行く。行きずりの男と唇を合わせてしまったり、ベッドインしてしまったりしても、結局、彼以外はダメなのだと後悔する。

しかし、女は悲劇のヒロインの自分に酔っている。そんな自分を愛しくさえ感じている。

「女はおろかだわ」

と呟くことさえ、映画のヒロインを気取っていることがある。

女は想像の中で恋ができる。不倫の恋は特に、女のたくましい想像の中でドラマが生まれるのである。しかし、想像はいつか妄想になる。

愛してるという言葉は、どうもシラジラしくて使えないものだ。ところが不倫の恋には、必要不可欠なのである。

——君しかいない。

——君のすべてが可愛い。

——君がいなかったら、生きていけない。

こんな言葉がなかったら、現実に押し流されてしまいそうになる。不倫の恋の関係は本当にあやうい関係なのである。

しかし、不倫の恋の最中にある時、決してそんな言葉をシラジラしいとは思えない。信じたいと思う。信じなければいけないと思うのである。だが一方、言葉の持つ虚しさを知ってもいる。約束事など何もないはずの愛である。

不倫の恋は不純ではなく、本当の、紙切れに左右されない愛だと信じたい。

待ちに待った男とのデート。顔を見るなり涙が浮かんでしまう。ふだん、仕事で見る男とは違う。自分だけの懐かしい顔。会えない日々の寂しさや愛しさや喜びや、自分の愛がはちきれそうになって、涙になってしまう。

外に出て男が優しく抱き寄せてくれると、「こうしてくれるだけでいい」と自分に言い聞かせるのである。

不倫の恋をしている女は情緒不安定である。明るく振る舞える時と、悲しみにうちひしがれる時。一日のうちでもそれが交錯する。季節を告げるものにも敏感になる。雨。生暖かい風。木枯らし。風鈴の音。花火。夜明け。夕焼け。いわし雲。夕立ち。ひとつひとつにまつわる男との思い出を反芻《はんすう》する時が、不倫の恋をより燃え立たせるのである。

藤田三枝子は24歳の高校の非常勤講師である。学校の授業がない時、予備校にも教えに行くことにした。三枝子は父、母、弟と暮らしている。たったひとりでアパートに暮らす、不倫の恋をする女に比べて、恵まれていると思うかもしれない。しかし三枝子は、それは違うと言う。

「時々、父母、弟も揃って夕食をとることがあるんです。その時、彼もこうして夕げのテーブルを奥さんと彼の息子と娘で囲んでいることを想像するんですね。だから、私はなるべく、一家団欒《だんらん》は避けたくて、予備校の講師を始めたんです」

三枝子の相手は、同じ学区内にある別の高校の40歳になる教師である。三枝子は古典と書道を教えている。彼は現代国語の教諭である。

――教師でありながら不倫の恋をしていることに、何らかの、良心の苛責《かしゃく》を感じることはありませんか。

「ないと言えば嘘になります。いえ、むしろ県の研修会で知り合って2年、いつも、良心の痛みの中にあったと言ってもいいでしょう。でも、私は形はなくても、彼を愛する気持ちに自分の真実を見つけたと思うんです。幼い頃から私は両親に対しても、教師に対しても、いい子でいました。自分の意志で納得して行動したことなんてなかった。でも彼への愛は私の生まれて初めてのホンネの人生なんです。ホンネって苦しい。私はタテマエで生きてきただけに、ホンネの苦しさが心地よくもあるんです」

――しかし、世間に知れたら、あなたは非難されるでしょう。

「決して、世間に公表することはないでしょう。私は悪いことをしています。でも本当に悪いことでしょうか」

三枝子はふふっと笑った。

「ゴメンナサイ。ホントは、私、悪いことをしてる自分が快感なのかもしれません。でもそんなことは、口が裂けても言ってはいけないんでしょうね」

――教師も女ですから……。

「そうね、私は小学生、中学生の教師にはなれないですね。高校生の生活指導もできないです」

しかし、三枝子はさみしそうに微笑《ほほえ》んだ。

――相手の男性も教師ですものね。

「彼も苦しんでいます。でも教師も男です」

三枝子はそうきっぱりと言いきった。

不倫のデート　HOW TO HAVE AN AFFAIR-Date

不倫の恋が楽しいものか否かを決定するのは、デートの仕方といっても過言ではないほど、この恋は、ムード優先のものである。

言い方が古いが、ふたりの逢い引きの場所は、最大の注意を払うところであると同時に、愛をより一層深めていくところでもある。それだけに、安直に選んでほしくない。

デート場所は、独身同士の若いカップルのように、〝いいムード〟を見せられないために、枠が限定されてくる。

大抵の不倫のカップルは、固定客があまり顔を出さない酒場や、知人に出くわすことのなさそうな、洒落《しゃれ》たレストランに足を運んでいる。

だが、若い人たちに縁のないその場所は、ふたりの気分は華やぐどころか、妙に落ち着いてしまうのである。特に、若い世代に属するあなたにとってみれば、そこは、悲しい恋を体験している者しか出入りできない、特別な場所として目に映るだろう。

ぼんやり灯《とも》る照明、ヒソヒソと聞こえる周囲の声。学生時代には、決して訪れたことのない、退廃的な匂いさえするところは、最初はとても刺激的であっても、何度か足を踏み入れるうちに、ふたりの恋を暗い、ジメジメとした空気で包んでいくに違いない。

素敵な不倫の恋の舞台は、絶対に演歌の世界であってはいけない。

フレッシュで、刺激的で、スリリングで、センチメンタル。これが、素敵な不倫の恋の要素なのだ。

〝ムードのいい、いろいろな店に連れて行ってもらえるのは最高だけど、それだけ、私たちの関係が知れる確率が高いのでは〟と思うあなた。最初から意気消沈していては、決して楽しい恋は味わえないと思ってください。

人の目を気にするのは当然のことだが、この世に人間が存在する限り、バレるものはバレる。要するに、たとえ知り合いに遭遇したとしても、毅然とした態度で、不倫と思われないための演技ができれば、誰も、あなたたちのことをとやかく言うはずがないのだ。

カフェ・バーでは、気の合った友人のように冗談を言ったり、日常茶飯事の会話をする。サラリーマンの多い、割烹や焼き鳥屋では、仕事関係とでも思えるような、仕事の話や、人生論をテーマにする。そして、素敵な恋人が肩を寄せ合うピアノ・バーでは、粋な男女でいればいい。つまり、その店の雰囲気にふたりのムードを合わせさえすれば、誰もあなたたちの存在を気にとめないものなのだ。

〝私たちは、不倫だ〟と、意識過剰になって、常に目立たないような態度をとると、かえって逆効果になる。いつも平然とかまえていれば、何てことはない。

ただし、そうかといって、人目につきすぎる席を選ぶのは考えもの。堂々とした態度で、明るく楽しむふたりであっても、控えるところは控えなくてはならない。これが、不倫のデート・テクニックなのだ。

だから、その店がいくら気に入ったとはいえ、常連客になるのはよくない。万が一、店の人から、常連扱いされるようになったとしたら、あなたは、何人かのボーイフレンドと、ふたりでその店に訪れる必要がある。これは、彼との不倫をカモフラージュするのに最も適している方法といってもいいほど、効果的である。

あくまでも、〝私たちは不倫です〟といった雰囲気を出さないように、友人や仕事関係を装うふたりは、次の点も心がけなくてはならない。

まず、会話。会話は常に、明るく、さっぱりとしたタッチで進行しなければならない。〝あなたの奥さん……〟とか〝そんなこと言ったって、つらいのよ〟とか、明らかに不倫を表わす言葉は慎しむこと。

次に座り方。店の席の座り方で、ふたりの関係が明らかになることがある。肩を寄せ合うような座り方は、親密さを表わすことになるので、よほど気の許せる店でない限り避けなくてはならない。カウンターのある店ではカウンターを、コーナーのある店ではコーナーを利用して、面と向かい合うような形は、できるだけとらないようにすべきである。

最後に、不倫の恋にふさわしい店を紹介したい。

待ち合わせ場所には、喫茶店がいい。が、ここでいう喫茶店は、珈琲《コーヒー》専門店である。通りに面したガラス張りの喫茶店は避け、ブレンドはデミタスカップで1杯700円以上、という高級な珈琲を専門に飲ませてくれる店を選びたい。ここには、好奇心で人の会話に小耳をはさむような、低俗な人種はあまりこないので、リラックスして彼と会話を楽しむことができるのである。

食べ物屋には、超一流のレストランか、または庶民的な料理専門店に注目したい。料金の高い店では、それだけ知り合いに出くわす確率が低い。また、とんかつ、天ぷら、うなぎなどの庶民的な専門料理店なら、ムードも何もあったものではないから、デートを商用と言い張ることもできる。会社の上司と女の子が食事をするのは、ちっとも不自然なことではない。だから、そういう気分にそっくりひたって、堂々と食事を楽しもうではないか。

不倫のホテル学

愛し合っていればこそ、ふたりっきりの空間を何よりも求めるもの。ただし、あなたが男性の出入りを許されているマンションでひとり暮らしをしていない限り、夢のパラダイスはホテルということになる。

そして、このホテルの善し悪し、つまりホテルのランクによって、ふたりの恋がいかなるものか位置づけられてしまう。

ホテル代を惜しんで、場末の連れ込み旅館ばかりに誘う男は、率直に言って守銭奴である。残酷なようだが、こういう人は、デリカシーに欠け、セコい恋愛しかできないと言い切ることができる。

ホテルに限らず、レストランでの食事や飲み代が気にかかってしょうがないタイプに違いない。

そもそも経済的に余裕がなければ、妻以外の女性と恋愛を楽しむ気持ちの余裕を持てるはずがないのだから、お金に神経過敏な男は、不倫の不適格者である。

お金はあっても、たまたま、雰囲気に無頓着なだけ、という彼と付き合っている人は、思いきってこう言うべきである。〝こういうホテルはイヤなの。悪いことをしてるみたいに、コソコソしなきゃならないし、第一、お手軽な浮気カップルばっかりが来てるみたいじゃない〟と。

一流でも、二流でも、あるいは三流の安いビジネスホテルでも、そこがセックスを目的とした人だけが集まるようなホテルでなければ、気分は、ずっと軽くなる、これが不倫の恋をする女心というものなのだ。

普通のホテルに入る場合、気をつけなくてはならないのが、入る時の時間帯と出入りの仕方である。一般的にいって、チェックインにふさわしい時間は、夜の10時前後である。早すぎるのは性急のようだし、深夜だと、酔った勢いでそうなった感じがして、スマートな雰囲気がしない。珈琲のおいしい店で待ち合わせて、洒落たレストランで食事と会話を楽しんで、男と女が愛し合う。こういう恋愛の流れを感じさせるふたりは、夜の10時前後にホテルに入るものだ。

一流のホテルを利用したい場合は、あらかじめ、部屋をリザーブしておくこと。そうした際には、夜の8時前後にチェックインをすませてから、夜の街へ食事に出かけるのがのぞましい。

また、デリカテッセンでパテやテリーヌを買って、上等のワインも用意して、ふたりだけのパーティを開くのも、ホテルのおしゃれな利用法だ。

さて、ラブホテルでなく、普通のいわゆるシティホテルをふたりだけの空間に選ぶ場合、その利用術を心得ておきたい。

シティホテルをセクシャルな場に使用するのは、何とも不謹慎だ、と思いがちだが、今や、一流のホテルでもそれが公然化しているので、とりたてて消極的な態度に出る必要はない。たとえば、「デイユース」、直訳すると〝昼間利用〟という、5、6時間単位で1泊の半額程度の料金で客室を貸すシステムを行なっているホテルが増えて久しい。ホテルオークラや帝国ホテルといった、超一流クラスでも約1割は、訳ありの日帰り客という。

現在では、普通のホテルの「ご休息」が公然化しているので、夫婦のように見せかけた立ち居振る舞いをしたり、見栄をはって無理に宿泊しなくてもすむ。

また、シティホテルには「ノン・インフォメーション」と「領収書のシングルユース扱い」のシステムが用意されている。この二つはセクシー利用客へのサービスで、前者の「ノン・インフォメーション」ではホテル側が〝居留守〟を使ってくれ、後者での「領収書のシングルユース扱い」では、ニセの〝アリバイ証明〟をしてくれる。不倫の恋人同士にとっては、まさに頭が上がらないシステムだ。

利用するホテルのことになると、ナーバスになりがちな彼に、この情報はぜひとも教える価値がある。

先述したように、シティホテルは、セクシー利用客の陰の味方ではあるが、表向きには決して公認化していないので、利用する際のマナーは守らなくてはならない。

フロントにおけるふたりのオドオドした態度は、〝いかにも訳あり〟に見えるので、あまり歓迎されないし、逆に開き直って腕を組むような態度は、〝ふさわしくない客〟として最も敬遠されることを頭に入れてほしい。

シティホテルをラブホテル代わりに利用する客は現にいるし、ホテル側も暗黙の了解はしている。しかし、それを公認しないでおきたいのが、ホテル側の心の内なので、マナー違反のカップルは、〝招かれざる客〟の烙印を押され、チェックインを断られることにもなりかねない。

あくまでも、ビジネス利用客のように、毅然たる態度をとること。セクシー利用客へのサービスを用意してくれるホテルへの、せめてものお返しに、マナーだけは守りたい。

◉ホテルが歓迎する、彼のスマートなチェックイン

●記帳する際、オドオドした態度をとらない。

●あくまでもビジネス利用客を装うために、ブリーフケースやアタッシェケースを持つ。

●彼が記帳している時、絶対にあなたはそばにいないこと。柱の陰に隠れて、時々目線をフロントに向けるなんてのは、論外だ。

●チェックアウトの時も、先に待ち合わせ場所を決めるなどして、あなたの存在を明らかにしないこと。

●ホテルの出入りは、彼と一緒に。ただし、深夜、フロントを通らず、部屋に直接行こうとすると、ホテル側は、風俗の女性だと勘違いすることもままあるらしいので、地下からエレベーターで部屋に入るのが賢明といえる。

〝いけないふたり〟と呼ばれたくない！

言葉の響きだけでも十分、〝不良性〟の印象が強い〝不倫の恋〟。ただでさえ、世間から良い印象を抱いてもらえない恋だから、独身同士のように、自由奔放な付き合い方をすれば、とんでもないことになる。

ふたりが、どんなに楽しい恋愛をしていようと、世間は絶対にそれを許さない。独身同士だったら〝ほほえましい〟と思われても、不倫の場合、そうはいかない。〝不潔〟〝節操がない〟〝恥しらず〟といった評価がくだされるのだ。

それだけに、人前では、多大な注意を払って、接しなくてはならないのである。

〝ほら、あのふたり、不倫のカップルみたいじゃない。ジメジメしててやぁね〟と言われるか、〝素敵ね、あの人たち。私も大人の恋がしてみたいワ〟と言われるかは、あなたたち自身の自覚次第。

〝素敵な不倫〟と思われないまでも、〝不潔な不倫〟とだけは見られないようにしよう。こういう前向きな姿勢で臨んでこそ、不倫の恋が楽しくなるのである。

不倫の恋のベーシック・テクニック

不倫のデートは慎重に行なわなければならない。まず、彼の奥さんにバレないようにすることが第一で、彼の会社関係者、友人にもわからないようにすることが基本なのだ。

また、たとえそれがあなたの仲がいい友だちであろうと、よほど気のおけない人でない限り、ふたりの恋愛に関する話には、一切口を開いてはいけない。

両親や家族も注意人物。話がわかる親ほど、いけないことに対する免疫がないので、くれぐれもバレないようにしてほしい。

特に父親の場合、〝嫁入り前の娘になんてことをするんだ、あなたにも子供がいるでしょ。子供がそういう立場にいる時、どんなに親がつらいかわかるはずでしょうが〟と錯乱状態に陥り、ややもすれば、裁判へと持ち込むようなことになりかねない。そのような結果になると、あなたの人生はあずけたも同然。親の命令で見合いをし、親が納得する家庭を築いてゆくはめになってしまうのである。

絶対にバレないという自信を持つには、それ相応の注意を払わなくてはならない。この姿勢は最初が肝心。途中から改心しても、それまでの付き合いのスタイルはなかなか崩せるものではない。

あなたが不倫の初体験者だとしたら、突然の制約が多い恋愛に、多少面くらって、とても疲れるかもしれない。しかし、これも慣れればどうってことはない。

不倫における注意ポイントの基礎さえ身につければ、後は応用ですむので、頑張ってほしい。

まず、守らなくてはならないのは、あなたの存在を絶対に彼の奥さんに明かさないことである。だから、プレゼントの内容、手紙には留意することだ。

◉彼に贈る真心プレゼント

不倫の彼にプレゼントを贈る時、避けなければならないのが、ハンドメイド類。これらは、ふたりの関係を表わす決定的な証拠品になってしまうのだ。だからといって、〝着てはもらえぬセーターを涙こらえて編む〟などといった演歌調の雰囲気に満足するのは、女のプライドが許さない。

もし、あなたがどうしても手作りのプレゼントを贈りたいなら、それを既製品に見せかける、カモフラージュのテクニックで、強行に実践しよう。

手作りのセーターを贈る場合、機械を利用して編んだものの方が無難だが、2、3枚以上編んだ経験がある人は、編み目の揃え方、糸の始末に気をつけさえすれば、なんとかなる。セーターの色やデザインはシンプルにすること。また、ハンドメイドの場合、安物の毛糸を使うと、素人が編んだことが一目瞭然なので、1玉1000円くらいの輸入物を選んでほしい。

手首、衿ぐり、衿の仕上げは丹念にすること。とじ合わせ、糸の始末は、プロが編んだものを参考にすることがポイントである。

さて、既製品にカモフラージュさせる最大のポイントは、タッグをつけることだ。デザイナーズ・ブランドよりも、無名のブランドのタッグが狙い目。〝HAND MADE〟と表示されていればより効果的である。

◉手紙の出し方

たとえ宛て先が会社であろうと、自宅であろうと、あなたからの手紙は、プライベートな雰囲気を持ってはいけない。〝会社ぐらいなら〟と甘く見ては困るのだ。〝男には外に出ると7人の敵がいる〟から、あなたの手紙が彼の失脚の原因になることだってありうる。

だから、封筒は、絶対に茶封筒を選ぶこと。自分のセンスをアピールしたい気持ちはあっさり捨ててほしい。もっと用心したい場合は、あなたの会社入りの封筒を使うか、もしくは、でっちあげの社判を作って、茶封筒に押すことをおすすめする。

いずれにしても、手紙は証拠物件になる確率がきわめて高いので、できれば会社にも自宅にも出さない方がいい。

真心ギフトはラッピングで勝負する

プレゼントを自分で作るのに、まだ技術が伴わない人は、品物を包むラッピングのテクニックで勝負しよう。これさえマスターすれば、たとえそれが何の変哲もない既製のギフトであっても、とても素敵に見える。贈り物には中身や値段は関係ない。要は、あなたの真心がこもっているか否かが大切なのだ。

ラッピングは、贈る気持ち、つまり愛情をストレートに表現するための武器である。手作りのプレゼントができない代わりに、品物の包装に工夫する。不倫の彼をノックアウトするためにも、ぜひこれに全力投球しなくてはならない。

ラッピングには技術は必要ない。包装紙とリボンさえあれば、誰にでも簡単にできる。ただし、ラッピング・ペーパーには気を遣ってほしい。少女漫画的なものや、スーパーで包んでいそうな安っぽい柄は、中身までそう見えてくるから、絶対に避けよう。

一般的に、大きなものを包む場合は無地やソフトな色合いのもの、そしてストライプや幾何学模様などが適しているようだ。逆に小さなものを包む場合は、鮮やかな色彩や控えめで小さな柄のペーパーがいい。

また、ラッピング・ペーパーに合わせて、装飾のリボンも考えなくてはならない。平織りの無地、ギンガムチェック、レース、水玉と、種類豊富な中から、ペーパーとうまくコーディネイトするものを選ぶこと。これが重要なポイントである。リボンを結ぶオーソドックスな方法を好まない人は、造花を飾るのも手である。こうすると、ロマンチックな演出をしてくれるので、女っぽくセマってみたい人にはうってつけである。

不倫相手に思われないメッセージの書き方

プレゼントには、メッセージ・カードがつきものである。言いかえれば、愛を表現するカードを渡すのに格好のチャンスとなるのがプレゼントだ。〝愛してます〟〝私の愛、受け止めてほしい〟なんて、日頃口にすると、気が変になったかのように誤解されがちな言葉も、きれいなカードにインクで綴《つづ》れば、自然に受け止めてもらえる。

しかし、不倫の場合、残念ながら、これはタブー。ふたりのためにも、メッセージ・カードでは愛を表現してはいけない。

〝お誕生日おめでとう〟とか〝メリー・クリスマス〟とか、プレゼントする目的にちなんだメッセージを簡潔に書くようにするのが大切である。

　メッセージは英語で書いた方が無味乾燥としていていい。また、ラストに記すあなたの名前に、決してイニシャルを使ってはいけない。イニシャルは、猜疑心《さいぎしん》をより一層深める記号である。イニシャルを使うのであれば、まだ苗字だけを漢字で書いた方が事務的な雰囲気がする。もしカードに、どうしても伝えたいメッセージがあるなら、怪しまれない彼の周囲にいる人物になりきって書くのもいいかもしれない。

　その人物には、仕事や飲み屋関係の女性、また部下の奥さんなどが適している。仕事関係の人物となると、男っぽい女子社員グループがいいし、飲み屋であれば、ホステスやスナックのアルバイト嬢だと、奥さんも、まあ少しは安心するだろう。部下の奥さんからプレゼントをもらったとなると、〝家《うち》の主人は部下から信頼されているんだわ〟と、決して気分を悪くしないはずである。

　では、タイプ別、メッセージの内容（お誕生日の場合）を紹介しよう。

❤女子社員グループ
お誕生日おめでとうございます。これからも仕事に励んで頑張ってくださいね。仕事が終わったあと、たまには飲みに連れてってほしいです。

❤ホステス

39歳になったなんて、とても信じられないワ。いつも魅力的で、奥さんがうらやましくって。奥さんばっかり可愛がらずに、ウチの方もごひいきに。
❤部下の妻
いつもお世話になっております。お誕生日のお祝いといってはなんですが、粗品を贈らせていただきます。これからも、ますますご活躍されるよう、お祈り申し上げます。

不倫の旅ガイド　HOW TO HAVE AN AFFAIR-Travel

不倫の彼と、旅ができることになったらしめたもの。いつもの〝他人の視線を気にしなくてはならないデート〟と違って、とても解放的になれるのだから。

旅を是が非でも実行したい、と思うなら、旅の計画から切符の手配など、お膳立てはすべて、女性の役目と考えてほしい。会社、家庭と、大きな荷物を背負う彼にとって、これらはとても面倒なことなのだ。

いくら、不倫の恋だからといって、旅に出たい気持ちまで我慢するのはよくない。いつもデートする場所だろうと、沖縄、ハワイだろうと、バレる時はバレるものなのだ。〝だったら、旅してどこが悪いの〟といった開き直りの精神で、旅をすればいいのだ。

だから、旅の計画、手配、用意を周到にするのは、あなた自身なのだ。これを完璧にして、〝ねェ、行こうよ。絶対にバレない場所を選んだから〟と甘えれば、彼の方も、今さらダメだなんて言えるはずがない。

ロマンチック旅行はクラシカルなホテルで

歴史の重みある、古き良き時代がうかがえるリゾートホテルは、人目を避けるふたりがプライベートルームとして利用するのに格好の場所である。

見上げる天井、クラシカルなインテリア、紳士的なホテルマンのサービスがあれば、たとえ、外に一歩も出なくても、旅ムードが満喫できるはずなのだ。

こういったクラシカルなホテルは、必ず洒落たダイニングルームや、ラウンジを備えているので、ダンディな男と、いい女を気取って、ディナーやカクテルをたしなむのも格別。

特に、外国人客を泊める本格的ホテルとして、明治時代に開業された、箱根の富士屋ホテルや日光の金谷ホテルは、おすすめの場所。いずれも、短時間で到着できる、便利な地域にあるのが嬉しい。箱根の富士屋ホテルは、小田急線小田原駅から、車で30分。日光の金谷ホテルは、東武浅草駅から特急で2時間弱、日光駅下車、車で5分の場所にある。

こういったところなら、旅とはいえ、彼の気分も軽くなるはず。なぜなら、徹夜麻雀を装って、金曜日、土曜日利用するだけでもＯＫなのだから。

不倫の旅の言いわけ、アリバイ作り

バレるか否かのきわどい一線を綱渡りしながらの不倫の旅は、どことなく悪魔的な匂いがして、スリリングで楽しいものである。しかし、このスリリングな気分を思いっきりエンジョイできるのは、〝絶対にバレない〟という確信による気持ちの余裕があってこそ。

旅の言いわけ、アリバイ作りは、まだ独身のあなたにとって、そんなに難しいものではない。ひとり暮らしなら楽勝だし、たとえ厳格な父親があぐらをかく家庭環境にいようとも、学生時代にマスターした手練手管でもって、毅然としていればいいのだから。

要するに、言いわけだの、アリバイ作りだの、わずらわしい諸々の芝居を演じるのは、彼なのだ。そして、台本を考えるのは、もちろんあなたの役割である。

〝うまくやるのよ〟なんて手放しにしてると、後が大変。痛い目にあうのはあなた自身だということを、懸念するべきである。

さて、旅の言いわけだが、さほど危険のないのは、次にあげるタイプである。

①出張
②気の合う仲間とのツアー
③実家に用事で帰る

この3タイプは、実にストレートで、家をあける理由に最もふさわしい。あまりにも芸がなさすぎると思いがちだが、この味気ないシンプルなところに、リアリティがあるのだ。

〝出張で3日間、家をあけるんだが〟〝あっそう〟ですむ。この〝出張〟というセリフを口にする時、事務的に、はき出すようにするのが、最も効果的で望ましい。あのさぁ……出張するんだけどぉ〟なんて上目遣いにモジモジしてると、妻は、〝何かある〟と勘を働かせるものだ。

②の仲間同士の旅は、実際に気の合う友だちとよく遊んでいることが妻に立証ずみの人だけに限られる。麻雀やゴルフを趣味とする彼にはもってこいのアリバイ工作だ。

③の実家に帰るは、実家の両親に口裏を合わせてもらわなくてはならないので、結構、厄介な言いわけ。親も人の子だから、もちろん、イヤとは言わないが、頻繁にこの手を利用するとかえって面倒なことになるので、最後の切り札として残しておくのが無難だ。

以上の三つの言いわけが使えない彼（たとえば出張のない職種の人＝商売人、公務員、友だち連中とあまり深い付き合いのない人、両親と同居の人、実家のない人）には、危険性が高いが、次の言いわけをすすめてあげるのがいい。

①ストレス解消の温泉ひとり旅
②名所旧跡観光
③結婚式、または弔い事

①のストレス解消の温泉ひとり旅と②の名所旧跡観光は、あらかじめ（旅する1カ月ぐら

い前が適当）ひとり旅を熱望するムード作りをしておくことが大切である。旅の1週間ぐらい前に、〝疲れたから温泉へ行く〟とか〝奈良の大仏が見たい〟とかいうのは、無茶な話、あまりにも無防備だ。〝この人、いつからそんな趣味があったのかしら〟と不審がられないはずがない。旅先のうんちくやパンフレットを材料に、気分を盛りあげておけば、妻も〝可愛いわね、子供みたいにはしゃいじゃって〟と内心、微笑むはずである。

③の結婚式や弔い事の手口を使う場合は、物証のアリバイが必要。衣装やら、写真、引出物、香典返しなどが、虚偽の真実を作ってくれる。③で不倫の旅をするためには、どこかで、妻に黙って、その類《たぐい》の行事参加をすませておいて、腐り物でない、引出物や香典返し、塩袋などを、会社のロッカーに隠し持っておくことが強いられる。

冗談めいてはいるが、これぐらいの周到な用意がなければ、③は絶対に使えない。逆にこのまめまめしさをクリアーできれば、気軽に③を使ってもいいことになる。

不倫の旅ファッション

やっとのことで実現できた、危険な旅。旅先でのムードを、カラッとした晴天の夏にするのも、ジメジメした梅雨時《つゆどき》にするのも、カップルの雰囲気次第で決まる。つまり、旅先での周囲の目が、ふたりの気分に大きく影響するのだ。〝いかにも幸せそうな微笑ましい夫婦〟

か〝どろどろとした愛人関係のふたり〟か、第三者が受けるこの印象が、そっくり旅のムードを作ってしまうのである。旅をより楽しくするためにも、絶対に前者の〝いかにも幸せそうな微笑ましい夫婦〟を装わなくてはならない。

では、どうやって？　何も悩む必要はない。目は口ほどにものを言うこの世の中である。ふたりは、洋服を手段として、幸せで素敵な夫婦を演じればいいのだ。これは、頭からつま先まで、ソツなく完璧にしなければならない。どこかちぐはぐだと、夫婦であるはずのあなたたちふたりの関係まで不自然に見えてくるのだ。

よく、事件の目撃者としてワイドショーに登場する旅館の人たちが口にする、決まり文句がある。〝そういえば、男性と比較して、女性は服装が派手でしたね。家庭の主婦には見られない華やかさが、印象的といえば印象的でした。でも服装じゃ、人は語れませんから、私は、おふたりを当然、夫婦だと思ってましたけどねェ……〟

ふたりに向けられた彼らの視線は、〝いけない同士〟を見るそれだったに違いない。この〝いけない同士〟に向けられる視線は、決まって、よそよそしく、それでいて軽蔑の色を帯びている。陰険な一瞥が、それまで盛りあがったふたりのムードを阻止するのだ。

そうされないためにも、メークもファッションも控えめにすることが重要である。逆にテニスコートを駆けるフレッシュで健康的な独身女性のナチュラルメークもいただけない。

少しお色気があって、清潔な〝若奥さん〟をイメージしたメーク&ファッション。これが不倫の旅の身だしなみなのだ。派手な色のマニキュア、妖艶《ようえん》な匂いの香水、女っぽすぎる、体のラインの出る洋服は絶対に避けたい。

ちょっとだけ高価で、シンプルなアイテムをさりげなくコーディネイトしました、的な着こなしが大切である。

彼のファッションは、あなたの雰囲気に、自然と合っているものであれば十分。旅する男がはしゃぐと、必ずカラージャケットやデザイナーズ・ブランドのロゴが目を引くものを好んで着る傾向があるが、できれば、これも避けて、シンプルなチノパンツに白いシャツで、さりげないおしゃれをしていただきたい。

シークレット・ツアーの注意ポイント

〝あまりにも迂闊《うかつ》だった私がいけなかったんだワ〟〝気にしなくていいヨ。悪いのは僕なんだから……〟

不倫の旅の失敗が、ふたりの絆をより一層深いものにした、なんてことは、実際にはあり得るはずがない。洒落た恋愛を描くフランス映画だって、不倫がバレれば、若い恋人同士のように陽気だったふたりはスクリーンからフェード・アウトしてしまい、数年の別離の時を経て、偶然にも再会する筋書きがお決まりなのだから。

〝バレた〟〝バレない〟くらいであっさりと別れてしまう恋なんて、なんだかとても安っぽい感じ。だけど、不倫の方程式では〝バレる〟イコール〝別離〟ということになるのである。中には、誤算をする人々もいるようだが、まぁ、たいていは、紆余曲折の末、この方程式の舞台を踏んでいる。

折角の楽しい彼との旅行を、こういう結果でしめくくるのは、絶対にイヤ。悪夢としか思いたくない！　そう考えるなら、旅の注意ポイントを、気をゆるめないで守ることである。

不倫の旅の注意ポイント1

●宿帳には、架空の住所を使うこと。いざという時のために、会社の連絡先を明記。

宿帳ぐらい、気を許したってかまいはしない。こう思うのは、全くの不倫初心者である。たとえば、あなたかもしくは彼が、宿にウッカリ忘れ物をしたとする。そうなれば、連絡がくることだって、十分考えられるのだ。また、由緒正しき日本旅館の場合、〝このたびは当旅館をご利用いただきまして……〟といった挨拶状を出すところが多いのだ。

だから、宿帳には、絶対に彼の住所を書いてはならないのである。虚偽の住所を黙々と書き込む彼の姿は、なんとなく、冷淡に見えて、あなたにとってみれば、とても悲しく映るかもしれない。〝私とこの人は、いけない同士〟だと、実感するだろう。だけどそこは、ぐっと辛抱して、彼を温かい目で見守ってあげようではないか。

不倫の旅の注意ポイント2

●下着類、その他、彼の持ち物には一切手を触れないこと。

まるで完全犯罪のように企てた旅行でも、ちょっとしたミスが原因でバレてしまうもの。このミスの大部分が、〝良かれと思ってしてしまった彼の持ち物の整理〟である。乾かないままでバッグに入れたタオル、クシャクシャに丸めた下着類。きれいにしまっていない洗面道具の袋など、〝女のわたしだから整理してあげたい〟ことは、たくさんあるだろう。それに、〝きれいにしないとだらしない女と思われるかもしれない〟ので、女の見せどころともいえる。しかし、これをやってしまったら、楽しい旅行のすべてが水泡に帰してしまう。

〝本当なら、やってあげるんだけどね〟と軽い声で、彼にも納得してもらおう。

不倫の旅の注意ポイント3

●いつもより、長い時間、彼にくっついているわけだから、香水はつけないこと。

海へ行ったら潮の匂いを、高原に行ったら緑の匂いをという具合に、旅というものは、バッグの中に、その場所の匂いを残す。あなたも経験あるはずだ。もし、旅から帰って、この匂いが〝女〟の匂いだったら、どうなるか。狂乱する彼の妻の姿を見たくないのなら、あなたは、香水をつけてはならない。つけるのであれば、彼に体を寄せないこと。

不倫の旅の注意ポイント4

●彼が家に電話連絡を入れる際、必ずあなたは姿を消すこと。

彼の家への電話連絡は、言いかえれば、あなたたちの旅をより安全な道へと導く、お守りのようなもの。彼がいつもどおりに自然に妻に接するためには、あなたは、彼のそばにいてはならない。あなたに気がねして、妻にふてぶてしい態度をとれば、彼は絶対にあやしまれてしまうのだ。〝ちょっと外に行ってくるから、電話すれば？〟とその場を立ち去るのが賢明である。あなたに対する彼の評価はグーンとアップするはずだ。

不倫の旅の注意ポイント5

●遊覧券、入場券などのチケット類は、すべて捨てること。

彼の衣類の整理はしてはいけないが、ポケットに、チケットやレストランのマッチなどが入っていないかの確認は、絶対に忘れてはならない。ポケットだけでなく、彼の財布も同様。他人の財布の中を見るわけにはいかないので、彼に口をすっぱくして注意すること。

不倫の旅の注意ポイント6

●旅から帰った時、彼とできるだけ一緒にいないこと。その日はあっさり別れよう。

女と違って、男は、迅速に環境に順応できない。旅の終わった日、彼が家に帰る間際まで一緒にいたい気持ちはわかるが、そういうセンチメンタルな気分は捨てよう。あくまでも、彼はひとり旅に出たことになっているので、彼のムード作りのためにも、早く別れること。彼には、パチンコや映画で、気分転換をはかることをぜひともすすめてほしい。旅の終わりに、後ろ髪をひかれる思いを抱くことは、絶対に禁物なのである。あっさりとすがすがしく、のムードが大切なのだ。

不倫の時々ふたり暮らし　HOW TO HAVE AN AFFAIR-Cooking & Room

奥さんに勝つ愛情料理

ひとり暮らしのあなたの部屋に彼が来る。こうなれば、当然あなたは料理の腕前を発揮したくなるはずである。たとえ、彼に、手料理を作って帰りを待つ人がいようとも、あなたの心の中の〝女〟はウズウズとしてくるに違いない。

テイクアウトものやレトルト食品ですませた方が、手間いらずだし、ドライな感じがしていいと思う人もいるだろうが、それは大きな誤りだ。男性というものは、たとえそれが妻であろうと恋人であろうと母であろうと、女性に対して〝愛情のこもった料理〟の幻想を抱いてしまうものである。だから、あなたがあえてそれをしなければ、口では〝いいよ〟と言いながら、心の中では、〝ガッカリ〟と思っているのだ。

そこで、不倫の彼に出す料理をあえていうならば、〝主婦が発想しない〟着眼点で作る料理がふさわしいといえる。

主婦にはない料理法のポイントは、味やスピード、メニューの数などは一切関係ない。要するに、ムードとセンスを優先した、洒落た料理、粋な割烹に出てくる酒の肴《さかな》などが好ましいのだ。家庭的なレストランや小料理屋を基準にした料理を考えれば、話が早い。

●不倫クッキングの代表的なメニュー

和風……寄せ鍋、すき焼き（差しむかいで鍋をつっつくこの類は、何度も席を立つ必要がない、手間のかからない料理。しかも、ボリュームがあるので、彼は大満足するはず）

洋風……マリネ、グラタン、シチュー、チーズをベースにした料理（ビストロに登場するようなメニューは、何といってもムードがある。料理名はもったいぶっているが、実際は材料さえ揃えば、意外と簡単にできる料理だ。これに合わせて、テーブルウェアやワイン、食前酒などの飲み物に力を注げば、彼は脱帽するはずである）

中華風……手作りのギョーザ、春巻、白菜のホワイトソースかけ、エビのチリソース煮など（家庭で作る中華料理は、大抵が酢豚やマーボー豆腐程度のもの。そこで、中華は狙い目の料理といえる。ギョーザや春巻の皮は、デパートなどで売っているものを利用して、具にオリジナリティを出すのがいい。にんにくやチーズを入れたギョーザはぜひおすすめしたいメニュー）

●寄せ鍋

〔材料〕

だし汁…カップ8　塩…小さじ2　酒…大さじ3　薄口しょうゆ…小さじ2〜大さじ1　里いも…8個　にんじん…1本　茹《ゆ》で竹の子（薄切り）…8枚　白菜、春菊…適宜　※煮えにくい野菜は、火を通して、下ごしらえをしておくと、鍋に入れてから、イライラ待たずにすむ。ワタリガニ…2ハイ　バイ貝…8個　イカ…1パイ　ホタテ貝…4個　サイマキエビ…8尾

※食べるのが面倒な魚介類は、下処理に一手間かけておくと、後がラク。わた類もとっておくこと。

※寄せ鍋の残った汁を利用して卵雑炊に

冷やご飯（茶碗に軽く1杯分）をザルに入れて水につけ、軽くもみ洗いをしたものを、鍋に入れて煮立てる。とき卵（2個分）を、煮立っているところへ、全体に流し入れ、半熟程度にかたまったら、火を止めてあさつきの小口切りを散らし出来上がり。

●カキのチーズグラタン

〔材料〕

水…100㎖　グリュイエールチーズ…40g　カキ…20個　じゃがいも…3½個　レモンの輪切

り…2枚　塩、コショウ…少々　サラダ油…適宜

〔作り方〕

小鍋に、水、レモンの輪切り、塩、コショウを入れて熱し、煮立ったら、あらかじめサッと洗っておいたカキを入れる。カキがふくらんできたら、取り出すこと。

じゃがいもは柔らかくなるまで茹で、皮をむき5㎜の厚さに輪切りにする。

グラタン皿に、サラダ油をぬり、じゃがいも、カキをおき、その上からおろしたグリュイエールチーズをふりかける。

チーズが軽く色づくまで焼けば出来上がり。

●焼きギョーザ

〔材料〕

小麦粉（強力粉）…500g　水…カップ1　豚ひき肉…250g　白菜…¼個　干ししいたけ…5～6枚　竹の子…100g　ねぎ…½本　しょうが（しぼり汁）…小さじ½　しょうゆ…大さじ3½　ごま油…大さじ1½

〔作り方〕

ふるった小麦粉をボウルに入れ、水を加えて、なめらかになるまでよくこね、ふきんに包

んで2時間ねかしておく。まな板に打ち粉をふり、たねを直径3㎝の棒状に作り、2㎝の輪切りにしていく。それをめん棒でさらに丸形にのばし、ぬれぶきんをかけておく。

豚肉は、みじん切りにした野菜類と混ぜ合わせ、しょうゆとごま油で味をととのえる（好みによって、中にチーズやにんにくの茹でたものを入れる）。

皮で具を形よく包み、こげ目をつけて焼く。

ワインの飲み方・選び方

ワインは、コルクを抜いたらすぐ飲む、というのではなく、その前に新鮮な空気に触れさせ、眠りから目覚めさせなくてはならない。ボルドーのような高価なワインは飲む2、3時間前、またボージョレの白ワインや軽い赤は、飲む15分前、若い白ワインやロゼは5～10分前に開けておくのがいいといわれる。

いずれも冷えている時が飲み頃で、赤ワインは18～22℃、甘口の白ワインは4.4℃くらい、ドライな白ワインは4.4～12℃の間がおいしいということを覚えておこう。

白……赤ワインと比較して、渋みや苦みなどが少なく、淡白でデリケートな味。どちらかというと、あっさりした魚料理や鶏料理に合うが、日本人好みのすっきりとした味なのであまり料理にこだわらなくていい。

赤……赤ワイン独特の渋みや酸味が舌に残ったあぶらをぬぐいとり、口の中をさっぱりさせる、という点から、肉料理に合う。

ロゼ……赤ワインの渋みと白ワインの淡白さがあり、白と赤の特徴を併せ持っているので、どんな料理にも合う。

ヘルシージュースで彼の健康を思いやる

彼の健康を考えて、栄養の高いジュースを飲ませるのも、あなたならではの気くばりのひとつ。

ビタミン群がクローズアップされている近頃だけに、野菜やくだものを使って、オリジナルのフレッシュジュースを作ってみよう。
●体力の衰えている彼におすすめのポパイジュース……ほうれん草80gにりんご1個、レモン汁½個分を加えるだけでOK。最初にほうれん草とりんごをジューサーにかけ、後でレモン汁を加えるのがコツ。
●デスクワークによる疲れ目にきくにんじん、りんごジュース……にんじん小1本、りんご中½個、パセリ15gをジューサーにかけ、後でレモン汁を加える。りんごの甘みが出てとても飲みやすい。皮膚の抵抗力を強める効用もある。

●ビタミンB_1、B_2、Cの豊富なヘルシージュース……パセリ、りんご、こまつ菜をジューサーにかけ、レモン汁と好みに合わせて塩をプラスする。眠気がとれない彼には絶対おすすめの一品。

部屋に訪れる彼にやさしい気くばりを

彼が、ひとり暮らしのあなたの部屋を訪れるのは、何もイチャイチャすることだけが目的ではない。マンネリ化した妻は決して見せることのない、フレッシュな思いやりに安らぎを感じたい。これが彼の本音。だから、いつ彼が、あなたの部屋のドアを開いても、すぐに彼が落ち着けるように、心がけたいものだ。

たとえば、彼が部屋に上がった際、すぐに熱いむしタオルを出す。これは、疲れをとり、気持ちをリフレッシュさせるために、欠くことができない。フェイスタオルを沸騰したお湯の中につけて作る熱いおしぼり。ゴムの手袋をすれば、熱さが直接伝わってこないので簡単にできる。もちろんレンジでチンすれば、なおカンタン。

また、部屋着を用意しておいて、着がえさせる。仕事の緊張感がほぐれるし、第一、彼の洋服がヨレヨレにならないのがいい。洋服をハンガーにかける時、上着はまっすぐかかるように衿の中心をハンガーの中心に合わせ、ポケットの中のものを全部出して、変なたるみや皺がつかないようにする。パンツは、ハンガーの横棒の真ん中にかかるように注意すること。膝は一番いたみやすいところだから、膝の部分で折らず、膝上15センチほどを折り目にすることを心がけてほしい。

部屋着は、彼の意見も聞かず、勝手にあなたの方で用意しないこと。なんとなく押しつけがましく、女々しいので、彼に用意させるか、さもなければ、彼の意見を聞いた上で、あなたが揃えればいい。

もしも、彼があなたの部屋に泊まった場合、早めに起きて、簡単な朝食を作ってあげたいところ。彼が食べない場合でも、残念がらずに、飲み物だけはすすめてあげてほしい。

また、彼の会社の人たちに、いかにも外泊した様子を見せないために、せめてパンツだけでもプレスしてあげたい。パンツのプレスで最も重要な点は、前と後のラインをピシッとつけること。両脇の縫い目を重ね合わせて、パンツの真ん中にアイロンをあてがう。その時、表面がピカピカしないように、布を当てることを忘れてはならない。

さて、あなたの部屋が、ワンルームにベッドを置いた狭いスペースだとしたら、ゴロリとくつろげる場所は、ベッドの上しかない。その場合、布団をベッドカバーで隠せば、ずいぶん、雰囲気がよくなる。大きめのトレーを用意して、ベッドの上でコーヒーやワインを飲むのもなかなか気がきいている。

彼の持ち物は、一カ所にまとめておく。ネクタイピンや小銭入れ、メモ帳など、こまごましたものは、彼専用のボックスを用意して、その中に入れておけば、〝ない！ ない！ 帰りの電車に間に合わない〟と大騒ぎしないですむ。

ところで、あなたの街からの電車の切符が、彼のポケットに入っていないか、帰宅する前に確認するよう忠告するのも優しさ。後で奥さんにバレると大変なことになりかねない。

以上のような物理的気くばりの他に、精神的な言葉の気くばりも忘れてはならない。

●彼が訪れた時、〝いらっしゃい〟〝疲れたでしょう〟の挨拶をする

たとえ約束の時間に来なくても、憤りの感情を表わした態度をとらないこと。〝遅かったわねェ〟とか〝もう食事冷めたじゃない〟とかを言ってしまえば、生活に追われた主婦と同様になってしまう。ただでさえ、恋人の家に上がることに後ろめたさを感じているのだから、ここはグッと気持ちを抑えて、優しく迎えることが大事。

●食事や入浴は、あなたが声をかけてあげること

〝お腹すいたでしょ〟〝お風呂に入る？〟とあなたが誘ってあげないと、彼はなかなか積極的に出られない。また、あなたがリードすれば、〝飯！〟〝風呂！〟といった亭主気取りの声を聞かずにすむ。しかし、これが度をすぎると彼は甘えて、〝気遣ってくれて当たり前〟と、いろいろな点で依頼心が目立ってくるので、くれぐれも注意すること。

●〝そろそろ帰った方がいいんじゃない〟と時間を気にしてあげる

本心は帰ってほしくないけれど、やはり〝帰りなさい〟と切り出すのがあなたの役目。どうせ帰られるんだったら、自分から別れを言い出した方が気持ちいい。それにいつも気丈でいれば、たまに、〝今夜は一緒にいて〟と弱々しく言った際、効果が出るというもの。節操のない泥沼的な不倫の恋に陥りたくなければ、あなたの方が強く出るべきである。

●電話がかかってきたら、長電話をしないこと

電話は、ふたりのムードを壊す最大の敵である。だから長電話はしないこと。男性がそばにいることを相手に気づかせたくない場合は、ジェスチャーで〝ごめんね〟の合図をして、〝シーッ〟と唇に指を当ててほしい。

●〝帰ってよ、ここは私の部屋なんだから〟は最後の切り札に

どんなに彼を困らせたいと思っても、〝帰ってよ〟なんて決して言ってはいけない。これは最後の切り札として、大事にとっておくこと。何度も連発すれば、彼はマゾヒスティックに、あるいはその言葉に不感症になるので、絶対に避けてほしい。

●時々は、〝一緒にいてくれてありがとう〟と感謝の言葉を言う

照れ臭くて、なかなか言えるものではないが、不倫のパワーアップのために使おう。

彼がこないからって、センチメンタル反対

不倫の恋において、最も危険なのが、センチメンタル気分に浸ることである。人間誰しも多少のセンチメンタリズムに浸るものだが、不倫の当事者のそれは尋常ではない。悲劇のヒロインと自分をオーバーラップさせる程度ならまだしも、鏡に自分の顔を映して、涙を流すことになんともいえない快感を抱くようになったら、それは心の病の前兆だ。

不倫症候群は、過度のセンチメンタリズムを感じるだけでなく、日常生活におけるあらゆる部分に支障をきたす。①人と楽しく騒ぐことに虚無感を持つ　②彼からの電話が気になって夜は遊ばなくなる　③若いカップルを見るたびに、〝私はもっと大人の恋を知ってるワ〟と優越感に浸る　④年の近いボーイフレンドの発言がバカバカしく思え、〝ガキだわネ〟とつっぱねる　⑤一生結婚なんかしないと決める　⑥彼に迷惑をかけまいという謙虚な思いから、人に甘えることをしなくなる……etc。

要するに、不倫の病に侵されたら、女性は大抵、強くなってしまう。それも、可愛げのない、ひとりよがりの強い女にだ。別にそれは、人それぞれだから、悪いことではないけれど、どうせ恋をするのであれば、ハッピーでいたいもの。

〝彼がいない部屋にひとりぼっちでいて、何がハッピーよ〟と思うむきには、過度にセンチ

メンタルにさせる何かが残されていないか、いまひとつ周囲を見回していただきたい。

●お揃いのコーヒーカップは置かない

〝あなたはブルー、私はピンク〟といった具合に、コーヒーカップをお揃いにすること自体、センチメンタルなのである。コーヒーカップに限らず、茶碗、はし、スリッパなど、絶対、ペアにしないこと。主《あるじ》のいないかたわれを見つめたって、ただ気分が暗くなるだけだ。用意するならば、無印良品のような、シンプルで生活感がないものを選んでほしい。

●彼が帰ったあとは、部屋に匂い消しをまく

彼の体臭やオーデコロン、煙草の匂いは、帰った後〝残り香〟として、あなたをメランコリーにさせる。いなくなった時でさえ、彼の匂いに酔っているのは、あまりにも女々しい。だから、彼が部屋を出ていったら、直ちに、スプレータイプの消臭剤で、残り香を一掃すること。気分を転換させて、いつもの〝ひとり〟に戻りたい。

●彼の洋服がたまっていかないよう注意する

洋服に限らず、本や書類、ライターなど、彼の身の周りのものが増えていくと、あなたの部屋は、まるで彼のセカンド・ハウスのようになってしまう。不倫の恋における鉄則は、〝生活と恋〟のけじめをつけることだということを忘れてはならない。いつでも別れが訪れていいように、彼の持ち物への執着心は捨て去るべきなのである。

●ウィスキーのボトルは見えないところに

彼が残していったウィスキーのボトルは、あなたの目のとどかないところに隠しておくこと。会えない寂しさから、チビリチビリ飲むようになったら、そのうちアルコール依存症になってしまうかもしれない。お酒がないと眠れない、といった身についてしまったイヤな習慣は、たとえ彼と別れても、なかなかなくなるものではない。

●パジャマは絶対に避けること

前に述べたが、彼があなたの部屋に来るようになったら、部屋着は用意したい。しかしたとえそれが彼の希望であっても、パジャマだけは絶対に避けてほしい。ファッション雑誌に触発されて、お揃いのパジャマなどを着るなんてことは許されない。あくまでも、生活感のない霜ふりグレーのスウェットなどを選ぶこと。

●歯ブラシなど生活必需品はケースにしまう

部屋着も含めて、歯ブラシやヒゲソリといった最低限の生活必需品は、大きめのケースにいっしょくたにしまう。そうすれば、彼の存在に翻弄されることなく、いつも、自由でハッピーなあなたでいられる。それに、いつ友だちや両親が部屋を訪れても、〝ちょっ、ちょっと待っててね〟とあわてふためかないですむのだ。

●あなたの部屋の鍵は渡さないこと

独身同士の恋人でも、どちらかの部屋の合い鍵が原因で〝くされ縁〟が続くもの。ましてや不倫の彼と、たった1本の鍵のために縁が切れないなんて、つらすぎるではないか。彼が部屋を借りてくれてるならまだしも、それが正真正銘あなたの部屋なら、鍵を渡さないこと。よほど意志の強いふたりでない限り、ずるずるとなってしまうのがオチである。

●待ち合わせは外ですること

あなたの部屋が、デート場所のすべてになる。これは見方を変えると、あなたたちの恋愛は生活に入っていることである。彼にとってみれば、とても安上がりでいいかもしれないけれど、確実に恋は退廃的な方向に進んでいるのだ。泥沼、マンネリ、執着の不倫の三悪を防ぐためにも、原則的にデートは外で。安らぐ空間としてあなたの部屋を使うこと。

不倫の思い出作りのインテリア

彼と楽しく部屋で過ごしたい、と思う方には、〝センチメンタル気分に浸らない〟という条件つきで、思い出のための部屋作りのあれこれを紹介しよう。

●狭くてもOK！　ふたりでお酒を飲むカウンタースペースを作ってみる

どうせ部屋でお酒を飲むなら、すこし洒落た気分になりたいもの。オールシーズン、こたつをテーブルにするなんて、色気もなければ芸もない。ちょっと節約すれば素敵なカウンターが作れるのだ。日曜大工ショップに行けば、スチールのパイプの脚に天板をのせるスタイルのテーブルがある。幅が狭い横長のものだから、あまりスペースをとらないし、脚の部分はいろんな長さがあるから、部屋に合わせてチョイスできる。お値段の方は、パイプの脚も、天板も3000円くらいから。そして、ハイタイプの椅子5000円程度を2脚組み合わせても、合計2万5000円くらいのリーズナブルさ。お酒が大好きな彼を待つあなたに、ぜひすすめたいインテリアだ。

●観葉植物を時の流れの目安に

ポトスやアイビーなどのツタ類の生長はいちじるしいので、気の短いあなたたちにはピッタリの〝時間はかり〟。もっとじっくり生長を楽しみたいカップルには、ベンジャミンやカポックをすすめたい。また、年に一度花が咲く、シクラメンやハイビスカスは、ふたりに再び訪れる季節を楽しむのに最もふさわしい植物といえる。観葉植物の生長ぶりで、ふたりの愛の時間をはかる、粋でユニークな方法といえるだろう。

●コルクボードにふたりの写真をディスプレイ

写真は、ふたりの愛情を示す、大事な記念品。だから、いつでも、記念日の思い出話ができるように、インテリアの一環としてコルクボードに貼るのがいいだろう。色つきのプッシュピンで、彼からのメッセージをとめるのも素敵。コルクボードをアートっぽく見せたい場合は、写真・イラストのグリーティング・カードや、フランスのモード雑誌の切り抜きで演出してみよう。

●標本箱に思い出のものを入れて飾る

彼と行った素敵なレストランや喫茶店のマッチ、ふたりで歩いた浜辺にころがっていた貝殻や石ころ、散歩して拾った落ち葉、ドライフラワーにした彼からの花束……ｅｔｃ。思い出になる小物類を標本箱に入れて壁に飾るのも、ユニークなインテリアのひとつ。標本箱はデパートなどで売っているので簡単に飾ることができる。

自分好みの女にしたいという男の意識

男側の意識として、若い女を自分が考えるところの大人の女に育てたいというのがある。自分がかかわることで女が磨かれると錯覚している。

個人的に言わせてもらえば、こういう意識で若い女に接する中年男はヘドが出るくらい嫌いだ。ふざけるな！　と横っつらを張りとばしてやりたくなる。

渡辺淳一の『化身』という小説がある。もう50歳をすぎた文芸評論家と22、23歳のクラブのホステスとの恋物語である。文芸評論家は妻を亡くし、独身であるが、この男が鼻もちならない。ホステスをレディにしたてるために、料理、ファッション、セックスにいたるまで男がその女を調教するのである。

別にクラブのホステスに限らない。年のいった男と若い女との付き合いにはいつもつきまとう、このテの男の優越感。俺がこの女をここまでにしてやった。こういう意識は必ずあるのだ。

しかし、情けないことに、女側にも男から受けるこの感情を心地よく思っているふしがある。これは不倫の恋をする上で、大きな分岐点になる。

たとえば、ホステスと客の関係を考えてみる。男は惚《ほ》れたホステスを他の男たちの中に置きたくないから、店を辞めさせようとする。昼の勤めに変えさせようとする。田舎から出てきたあか抜けないホステスを都会の女にしようとする。これはホステスの人格を認めているのではなく、男は自分の力に酔っているだけなのである。

自分好みの女にという意識は男の優越感にほかならない。こういう男の態度に対して女はどう感じるか。

「彼の温床の中でヌクヌクしていながら、世の中に通用していく女になっていくことが心地よいと感じて、何がおかしいのかしら。彼が私にくらべて優越感を持ったところで、当然のことだわ。私は彼を尊敬しているもの」

某商事会社、社長秘書の西脇和美、27歳は言う。和美は副社長と不倫の愛の中にいる。同族の会社にあって、副社長の彼だけが下からのたたきあげである。和美は高知の高校を卒業後、専門学校へ2年行き、今の会社に勤めて7年。副社長とは入社以来、結局7年の長きにわたる。

「彼の趣味は洗練されていて、私の未知の世界をたくさん見せてくれたわ。私は彼の隣に並んで恥ずかしくない女になりたかった」

——今、あなたは立派にいい女だわ。

「そう、かしら。まだまだだわ」

——彼の望む女になって、その先、どうするの。

「恋のその先なんて考えてないもの。私は別に彼と結婚したいわけじゃないし」

——あなたはあなたなりの〝いい女〟に対する考えがあったんじゃないの。すべて、彼風に去勢されるのは、侮辱だと思わない？

「侮辱ですって。変な人ねぇ。どうして？　あなたの言っている意味の方がわからないわ」

不倫の恋の炎が燃えている時、相手の男を最高だと思ってしまう。それはもちろんどんな恋の時もそうだろう。まして、自分より十数年も長く生きてきた相手ならば、確かにあがめてしまいたい気分になる。

しかし、不倫の恋をする女はいつも寂しがり屋で生意気で、プライドが高くなければならないと断言したいのである。決して、イエスマンで相手に従う女では、不倫の恋をステップに、本当の意味でのいい女にはなれそうもないような気がする。

「自分好みの女っていう表現には、どこか、相手を生身の人間として扱わない雰囲気があるでしょ。だからイヤ。男の人が処女処女って目の色を変えてるのと同じだわ。古女房は全く自分の言うことはきかないから、若くて、右も左もわからない女を自分の言うとおりにさせようって魂胆が丸見えね。さもなきゃ、奥さんがあまりにも立派すぎちゃって、自分の出る幕がない男ね。どこかで自分を主張したいっていうか、結局、そういう男ってロクなのがいないと思うんだけど」

コピーライターの斉藤明子は言った。相手を認めていることと従属することは違うとも言う。従属してしまったらオシマイだとも。

そこまで突っぱらなくてもいいと思うけれど、突っぱりがなかったら、崩れていくような気がする。

あなたは、男好みの女になりたい不倫の恋？　それとも……。

不倫の秋

妻との戦い PART I

妻のイメージ

多かれ少なかれ、男は女に妻のことを話す。それは9割方不満である。誠実さを女に見せるためにほんの少し、妻をほめる男もいる。9割方の不満が真実に聞こえるように。

付き合いもだんだん長くなってくれば、女の方でも、自分の愛する男がどんな妻と暮らしているのか気になってくる。聞きたくないという気持ちとは裏腹に、根掘り葉掘り聞き出そうとする自分に気づく時がやってくる。

それ以前に、女は男の言葉のハシバシから妻の像をイメージする。

1、妻はいくつか
2、妻は背が高いか
3、妻は美人か
4、妻は専業主婦か

5、妻は何色が好きか
6、妻はきれい好きか
7、妻は夫を愛しているか
8、妻は大卒か
9、妻は髪が長いか
10、妻はスタイルがいいか
11、妻はカルチャースクールへ行っているか
12、妻はどんな言葉遣いをするか
13、妻は……

そう、自分と同じタイプの女か否か。不倫の恋は想像の産物である。女は、男と離れているあり余るほどの時を、妻の像をイメージすることで費やそうとする。その結果、悲しんだり、落ち込んだり、たまにはほくそえんだりするのである。


「奥さん、いくつ？」

「42だよ」

「おない年なの。恋愛結婚？」

「うーん、半恋愛かなぁ」

男が妻と恋愛結婚の場合、女の妻に対するジェラシーは激しくなる。それが10年、15年前のことであろうと、今、自分としている恋愛と全く同じことをしたに違いないと思い込んでしまうからだ。

「結局、妻との恋なんか忘れちゃってる人が不倫の恋をするんだと思う。だって今も恋人同士のように外で食事をしたり、映画を見に行ったりっていうコミュニケーションの取り方をしてる夫婦なら、そうそう夫の方が不倫に走る心のスキ間というか、余裕はないと思うから。でも、奥さんと恋愛結婚だったたって言われるとイヤな感じがある。奥さんと張り合うというより、この男、いいことを二度もしてるのかっていう意味でね」

（28歳・静香・フリーエディター）

ところが、見合いだったと聞けば、どうせさして楽しい恋愛時代、結婚時代を送らなかったんだろうと、女はあっさり思ってしまえる。女は見合いを恋愛より一段格下げで考えているからだ。妻に対するイメージも、妻、母の座にデンとすわっているだけで男をときめかせる何ものも持っていないと考えがちだ。

妻の年齢に対しては、不倫をする女にしてみれば唯一、勝ちを宣言できる要素である。

「奥さんは39歳だって彼が言うの。私は24歳でしょ。よく隣近所のオバサンに年を聞いて、ああ、こんくらいオバサンなのかって納得してた。スーパーに行っても買い物してる女の人の年を値ぶみしてた。オバサンの買わない外国製のチーズなんかカゴに入れていい気分でレジに並んでたりしたわ」（法子・OL）

肌もおとろえてるに違いない。ファッションセンスもオバサンに違いない。ヌカミソ臭いに違いない。子供と一緒にヨダレたらして昼寝なんかしちゃうに違いない。自分に都合のいい妄想をズンズン広げてくれる、年の差なのである。

しかしそれは、妻が専業主婦の場合である。仕事を持っている場合は多少、その妄想にかげりも出てくる。バリバリのキャリアウーマンならなおさらである。自分よりもいい女を想像する。少女漫画によく出てくる、タイトスカートのよく似合う、ショートカットの女である。ところが、これの行きつく先は決まっている。

そんな女は性格が悪いに違いない。夫をないがしろにする気の強い女に違いない。男は温かい家庭に飢えているのだ。可哀相なあの人。

男も、女のこうした妄想を利用しないテはない。無意識のうちに妻を不完全な存在であると女に思わせるのである。実際に不完全な存在であるかもしれない。客観的に見て100点満点の女房は存在しないなんてことは、きれいさっぱり忘れてしまっているのである。

妻のうわさ

ところがヒョンなところから男の妻のうわさは耳に入るものだ。いや、耳を欹《そばだ》ててしまうのである。ふたりの不倫の関係が他人に知られていない場合には特に、周りの人間たちが無頓着に話題にのせてしまう。

「彼は社内結婚だったんです。私は付き合って半年くらいそんなことは知らなかった。でもある日、社員食堂でみんなでお昼を食べている時、ある人が彼に〝千草さん、どうしてる?〟って聞いたんです。彼は一瞬、ギョッとして〝うん、相変わらず〟って話をにごそうとしてるんだけど、〝子供の手も離れたし、またふたりでゴルフでも行けばいいじゃないか〟って言われて。彼と奥さん、社内のゴルフ部で知り合ったらしいの。私はその時、初めて、奥さんの名前が〝千草〟っていうことを知ったわ、ふたりのなれそめもね。素知らぬふりして立ち上がってトイレに駆け込んで泣いちゃった。悲しいの。何となく。奥さんの存在は自分でよくわかってるつもりでも、人の口から具体的にしゃべられるとつらくてね。この時からかな、はっきり、奥さんを意識し始めたのは」

（22歳・悦子・OL）

悪意のない、日常レベルでの妻のうわさが、不倫をする女にとって一番、こたえる。それも、直接男の口から聞かされていなかった場合は必ず、次の逢瀬の時、男と女のいさかいのタネになる。

「奥さんの名前、千草っていうのねぇ。いい名前じゃない」

「…………」

「ちぐさって呼んでるの」

「まさか、ママだよ」

「ふーん、ママねぇ」

「いや、まさか、あんなとこで話が出るとは思わなかったんだよ」

「あら、御自分の奥さんのことじゃない。出たって何の不思議もないわ」

「…………」

「ゴルフ部ねぇ」

「…………」

「仲良くやってたんだ、結婚までは」

「…………」

「けっこう、御夫婦の仲もいいんじゃない」

女はわかっていながら、ついイヤミを言って男を追い込みたい気分になる。もし男がこうした女の攻撃をわずらわしく感じるとしたら、不倫の恋はあっという間に終わる。しかし、愛すればこそ、こんなふうにつっかからざるを得ないのだろうと思う時、逆に、男は女を愛しく思うのである。

女の中には、男から言い出すまで責めない女もいる。賢い女である。

「別にいいよ。誰の口から聞いても同じだもの」

女は明るく笑う。

「君にはちゃんと話すよ、女房のこと。だから聞いてくれ」

「ええ、わかったわ」

女は男の話を話し半分に聞いている。心のどこかで冷めているのである。

男は話し終わると女を抱き寄せ、「でも僕は君を一番愛してるんだ」と呟く。女はうなずいて、男の体から離れて言う。

「私、自分の立場ってよくわかってるつもりよ。でもね、いつもいつも、明るく、いい子ちゃんの私だと思ったら大きな間違いよ」

女は言い放つと立ち上がって行ってしまう。男は必ず、女の後を追いかける。女から離れられないほど深い愛を感じながら。女だって決して別れるつもりはないのである。

テレフォン RURURU

不倫の恋をしている男が決して外泊しないわけではない。時として女のアパートやホテルで一晩を明かす。ただ、夜中の2時、3時には必ず、妻のもとへ帰っていく男も多い。不倫の恋をする女は帰っていく男の後ろ姿を見なければならないのである。

妻の存在をはっきり意識し始めれば、何とかその存在にふれたいと思う。そんな時、最も手っとり早いのが電話である。相手の団欒を壊してやりたいと悪魔的な考えを起こす時も、電話ほど重宝なものはない。

妻の声は高いか、低いか。どういう言葉遣いをするのか。自分の想像に何らかの正当性を与えたい。

「もし彼が出れば〝おやすみ〟って言って切っちゃう。奥さんだったら、しばらく相手の出かたを聞いてて切っちゃう」

こんなふうに言う不倫の恋をする女は少なくない。何のなぐさめにもならないことだと言えるのは、たいてい不倫の恋に無縁の人である。不倫の恋は意味のないことの積み重ねの果てなのである。1＋1＝2というくらい明解なことは何ひとつない。女自身、男を愛する気持ちすらいつも揺れ動いているのだから。

妻を最初から知っている

「私はスポーツクラブの受付をしています。彼はテニスのインストラクターで、奥さまは水泳のインストラクターです。彼と奥さまはお似合いのカップルと皆から思われていて、私も初めのうちは、12歳年上のふたりをお兄さんお姉さんみたいに慕っていました。でもヒョンなことから彼と深い関係になって。実は奥さまは子供の産めない体なんです。それもまだふたりが結婚する前、彼の子供をおろしたことがきっかけで。だから彼が私に彼の子を産んでほしいと言っているのではありませんが、ハタ目よりずっと辛酸をなめてきたカップルなのです。水泳のインストラクターとしてだけでなく、クラブの運営や営業に的確な意見も述べる奥さまに比べ私は、それこそ、ドジでトロくて何もできません。ただ彼は、子供ができないことの反動でがむしゃらになる奥さまを見ているのがつらいと言います。私のようにいつもボンヤリしている女にやすらぎを感じているようです。奥さまには悪いと思っています。でも私は彼を愛しているし、彼には私が必要なんです。クラブで奥さまに声をかけられたり、顔を合わせる時はいつも、心の中でそう呟いています。傲慢な言い方ですが、おふたりの生活は私がいてこそ成り立つんですから」

（19歳・美保・ＯＬ）

妻を最初から知っている場合は、妄想に悩む必要はないが、男の二重生活を目の当たりにしなければならない。想像をたくましゅうするだけの材料を本人が悪気なく女に投げてよこすこともある。男と女の間で交す妻に対する話題も、知らない場合より知っている場合の方が数段、現実味を帯び、具体的になるだろう。

妻が夫の不倫に気づくのも早いだろうし、妻に対する女のジェラシーがひどくなるのも早い。つまり、結論を出す場面がより早くやってこざるを得ないのである。

ちょっと意地悪してみたい　HOW TO HAVE AN AFFAIR-Teasing

彼の奥さんに、ふたりの恋をバラしたくない。彼のためにも、私の存在を断固として隠し通したい。不倫の恋をする女性は誰しも、スタート時点ではこう思うものだ。極めて謙虚な態度と優しい思いやりがある。

しかし、これも数カ月。最初の頃は、不倫による様々な抑圧が新鮮で刺激的な気分を作るが、時間が経てばそうはいかない。

女性特有のジェラシーが烈火のごとく燃えあがり、まるで悪魔の手にかかったかのように、彼と彼の奥さんに意地悪をしてみたくなってくる。奥さんを困惑させたい。彼と奥さんの仲を引き裂きたい。彼が不倫の恋をうまく偽れば偽るほど、悪魔のいたずら心のボルテージが高くなっていくのだ。

ひっそりと咲くつゆ草のような女よりも、バラのように華やかな女でありたい。こう考えるプライドの高い女性は、〝他人のものほど欲しくなる〟心の持ち主。こういったタイプの女性は、本当の不倫の恋には不向きかもしれない。だけど、不倫の恋を始めた以上、もうブレーキはかけられないのだ。だから、思うままに、意地悪をしてみるのもいい。気のすむまでやってみた時、それが本当に良いことだったのか否かを判断して、その後の姿勢を考えてみるのは、ある意味では建設的だ。

しかし、トラブルメーカーとして腕前を発揮する際、むきだしの意地悪はよくない。ちょっぴりスリリング、程度がいいのだ。

心理的意地悪作戦

彼の奥さんへの意地悪の中で、最も可愛げがあるのは、心理的に攻撃する作戦である。これは、あなたから存在を明らかにさせる方法ではなくて、〝うちの人、ひょっとしたら女ができたのでは〟と猜疑心と不安感を抱かせるのに効果的な方法だ。

決定的な不倫の証拠にならないので、奥さんは、ただ堂々巡りをするだけ。身から出た錆《さび》、の結果にはならない、楽しい意地悪である。

これは大きく三つに分けることができる。
A．電話で困惑させる方法
B．香水や口紅で猜疑心をかりたてる方法
C．プレゼントでジェラシーを抱かせる方法
これらの作戦はあまり使いすぎると効果が半減してしまう。月に一度の割合で、あなたの

悶々とした気分がクライマックスに達した時にトライすること。度を越すと、意地悪が病的なものへと進んでいくことにもなりかねないので、くれぐれも節度を保とう。

A．電話でスマートな意地悪を

テレフォン作戦の基本は、スマートに行なうことである。だから、あなたの素性を明かしたり、泣きわめいたりするのは、もってのほか。あくまでも、〝ちょっと彼の家に電話してみようかな〟といった、ほんのできごころのような軽い気持ちでなければならない。

彼の家に電話をかける際、必ず再確認してほしいことがある。まず、目的が何かをはっきりさせることだ。彼を困らせるのか、奥さんに猜疑心を抱かせるのか、それとも、あなたが単なる自己満足を得るだけなのか。その辺を明確にしておかないと、後で大変なことになる。電話魔のごとく、病的に、いたずら電話をすることで、何ともいえない快感を求めるようになったら、もうあなたは犯罪者の部類に属してしまうかもしれないのだ。

可愛い声に自信がある人であれば、スマートな電話作戦を実行してもいいだろう。

さて、そのスマートな意地悪電話のポイントとは、一体どういうものなのか？

それはまず、丁寧な口調でしゃべることである。色っぽい声や、彼とあなたの親しさを表わすセリフ類は一切必要ない。〝○○さんいらっしゃいますか？〟〝今、外出してます。失礼ですけど、どちらさまでしょうか？〟〝いえ、結構です〟これだけで十分。結構です、と奥さんの意志に相反する答えをしたことで、意地悪は成立しているのだ。しかも、自ら、名前を名乗らないのだから、かなり謎めいた雰囲気が漂う。

また、電話をかける時間帯も考慮すること。彼が帰宅していそうもない時間、たとえば、昼や夕方を狙うのは、いかにも悪意でかけていると思われる。見えすいた、いたずら電話は、卑怯なやり方。だから、彼の帰っていそうな時間に電話していただきたい。

電話をかけた際、奥さんから彼へ、スムーズに受話器が渡される、あるいは、彼本人が電話に出る。こういったシチュエイションでは、いたずらをしたことにならない、と一見思いがちだが、実は、このような場合でも、意地悪するのは簡単。彼が電話に出て、10秒ぐらい間を置いたあと、いきなり電話を切る。すると、彼は平常心を保てないし、その様子を見た奥さんも、ただごとではない何かを感じとるはず。一挙両得の方法といえるだろう。

B・残り香の強い香水、口紅のつけ方
〝主人のワイシャツ、女の匂いがするわ、それも決まっていつも同じ香水〟といった具合に奥さんを不安の渦の中に巻き込むには、香水が強力な武器となる。

香水は、あなたの存在を顕示し、間接的に牽制球を投げてくれる。それに、ただ彼の衣服につけるだけですむ手っとり早さもいい。この作戦の成功の鍵は、香水の選択にあるので、まず香水の知識を身につけることが大切である。

香水には——①香りに特徴があること ②香りの拡散性がいいこと ③香りが適度に強く、持続性があること ④時代に合った香りであること ⑤香りの調和がとれていること——と五つの基準があり、名の知れた良い香水は、これらすべての条件を満たしている。

意地悪作戦に格好の香水は、特に①、②、③に優れていなければならない。

また、香りを大きく分類すると、①シトラス ②シンプルフローラル ③グリーンフローラル ④フローラルブーケ ⑤フローラル・アルデハイディック ⑥シプレー ⑦オリエンタル、の7タイプである。

その中で、最も女っぽいムードが漂う香水は、文字どおり花束のような香りの、フローラルブーケである。また、苔《こけ》の香りを巧みに配合したシプレーや、バラの甘い香りとジャコウジカのような動物性香料に、樹脂の香りを調合したオリエンタルは、重厚でセクシーなアダルト感に溢れている。

これら7タイプの香りには、それぞれ、香水（パヒューム）、コロン、トワレがあり、それに含まれる香料濃度のパーセンテージによって、香りの強さや持続性などが異なってくる。

意地悪として使うなら、香りの持続時間が2、3時間のコロンよりも、6〜8時間と長時間にわたって持続する、香水がおすすめ。

特に、動物性香料のアニマルノート系のものは、持続性とともに、セクシーなムードの要素が強いので、ぜひ注目したい。

香水は、つける部分によって、香りの発散の具合が変わってくることも忘れてはならない。彼のシャツにしみ込ませる場合は、ワキの下や手首など、汗をかきやすい部分にこっそり移すこと。そうすれば、彼が家に戻った時も、あなたの〝分身〟は消えることがない。

この意地悪は、〝いやぁ、部長にバーへ連れていかれちゃってさぁ。困るんだよねェ、ホステス連中が、あまりにもベタベタくっついてきちゃって〟といった彼の言いわけで、パワーが落ちるかもしれない。だから、あなたは、汗をかきやすい首すじや耳たぶの裏側、手首、腕の関節の内側に、たっぷりつけて、何度となくボディタッチしなければならない。それこそ、彼が降参するまで……。

C．奥さんを嫉妬させる彼へのプレゼント

奥さんに、まっこうから対決しようと考えた場合、一目瞭然の手作りセーターなどを贈ると大きな効果が上がるが、常識ある男性なら（妻との離婚を強く望んでいるケースは別として）、まかり間違っても、妻には見せるはずがない。

だから、意地悪作戦には、受け取った彼自身が〝これならバレない〟と安心するようなものを選ばなくてはならない。

彼は気づかず、奥さんにはわかるもの、となると、選ぶ範囲がずいぶん狭くなる、と思いがちだが、実際はそうではない。

そもそも、男性は無頓着な性格が強いし、女性は勘が鋭いものだ。何の変哲もない1枚のハンカチでさえ、色合いや柄で、贈り主が恋人か否かを判断してしまうのだから。

しかし、いくら勘で見抜いてくれるとはいっても、それがハンカチだと、贈った本人にとっては、意地悪の手ごたえが感じられない。

奥さんが一見しただけで、嫉妬の炎をメラメラと燃やすような贈り物をしてこそ、意地悪のしがいがあるものなのだ。

では、奥さんにジェラシーを与えるプレゼントとは一体どのようなものだろうか。

それは、ある程度センスよく、高価でセクシーな要素を持っていればいるほどいい。しかも、それを見ることによって、贈り手のイメージがつかめるものであってほしい。

また、〝その女性は私の知らない彼の内面を知っているんだワ〟とか、〝彼とこの女は、若い恋人同士のように愛し合っているのよ、きっと〟と奥さんが、ふたりの付き合いを類推するようなプレゼントであればなおいいといえる。


◉奥さんが嫉妬するプレゼントの傾向と対策

❤詩集
ジャン・コクトーの詩画集がナンバー1。またリルケやヴェルレーヌなど、恋する心を詠んだものでもいい。詩集をプレゼントする場合は、押し花や、きれいな布をつけた手作りのしおりをはさんでおこう。しかも、それの入った頁《ページ》は、強烈な愛の賛歌であること。

♥ヌードを象《かたど》った身だしなみ用品

ヒゲソリやシェービングブラシ、歯ブラシなどに女性のヌードを象ったセクシーなものがある。見方によってはアートっぽくて、いやらしさがない。このように、彼はいい方に解釈するが、奥さんは、物の形と贈り手の体つきをオーバーラップさせるに違いない。

♥コム・デ・ギャルソン・ローブ・ド・シャンブルのパジャマ

パジャマは生活における最もベーシックなファッションアイテム。見方を変えると、最もセクシーなプレゼントである。しかも〝奥さんの選んだものは、スーパーのセールで買ったダサいパジャマだろうから〟といった皮肉がこめられている。ただし、奥さんがコム・デ・ギャルソンというブランド名を知らない場合は効果がない。あらかじめ、奥さんがどういうブランドに憧れを抱いているか、彼に打診しておく必要がある。

♥リチャード・ジノリのカップ&ソーサー1客分

リチャード・ジノリのカップ&ソーサーは、デパートや専門店で、比較的いいスペースにディスプレイされている。それほど、素敵で高価なものなのだ。このセットを1客分プレゼントすると、奥さんは絶対に腹を立てるはずである。普通、家庭に食器を贈る場合、5客セットが常識。この常識からはずれたやり方は、主婦の反感を買うのだ。

❤アンティックの置き時計

アンティックの小物は、主婦にとってみれば、〝ファッション雑誌では見ても、私には縁のないもの〟だから、プレゼントしたあなたのことを、必ず、〝個性に溢れたセンスのいい人〟と想像するだろう。そして、いろいろな思いをめぐらして、あなたイコール美人、スタイルがいい、知性的な女性、と思い込み始め、ユーウツな気分に落ち込むはずである。アンティックの置き時計の秒針の音は〝チック、タック〟となかなか重みがある。この音はあなたにひけをとった奥さんの不安感をジンワリと刺激するのだ。

以上のプレゼント例を参考に、あなたのセンスと意地悪の度合いで、オリジナリティに富んだ贈り物を考えてほしい。

物的証拠を残す、奥さんへの意地悪作戦

〝もしかしたら愛人がいるんじゃないかしら〟と奥さんに不安感と猜疑心を持たせる、心理的な攻撃に物足りなさを感じたら、もう次の意地悪の方法に出るしかない。

それは、あなたの存在を立証する証拠物で奥さんに打撃を与える〝物的証拠作戦〟だ。

この作戦は、大波乱を巻き起こす危険性が極めて高いので、ある程度の覚悟が必要である。

彼との別離、彼と奥さんのいさかい、もしくは離婚に至らないとも限らない、と覚悟がいる。〝こんなはずじゃなかったのに〟と泣きわめいても、後の祭り。どうしても、現在の恋になんらかの決着をつけたい、と考える場合に使うヘビー級の意地悪なのだ。

具体的にいうと、それは、A・彼にキスマーク、爪の痕をつけるセクシー作戦　B・ふたりの関係の決定的証拠となるものを彼に持たせる作戦　C・電話や手紙で、あなた自身から、関係を匂わせる作戦、である。

ただし、これらは、あくまでも意地悪、いやがらせである。奥さんとのまっこう勝負を期待しているむきには、直接会うか、電話をかけるなどして、自分の立場を公表しよう。

こういったハードな手段をとる場合、彼の奥さんからあなたの両親に連絡されたり、慰謝料を請求されないようにくれぐれも注意すること。両親の連絡先は、興信所などで調べてもらえば一発でわかるし、夫の不倫相手から慰謝料を求めることは法的に認められているのだから。

A・キスマーク、爪の痕の上手なつけ方

まずはキスマークから。これには、口の大きさ、唇の厚さによって個人差があるので、アドバイスとして断言することはできないが、あえて言うならば、皮膚の柔らかい部分がきれいに、しかもスピーディにつきやすい。腕の内側、腕のつけ根、首すじ、まぶたなどが効果的だが、最低4、5秒の時間を要するので、彼に即、気づかれ、妨害される可能性が高い。
もし、どうしてもキスマークをつけたいのなら、彼が酔った時か、気分が燃えたところを狙うこと。良い結果が見られない場合は、歯形をつけるのもテである。これは瞬間的にできるので、失敗しないハズ。狙いを決めてガブッと噛《か》めば、いくら彼が悲鳴をあげても無駄。くっきり、しっかり、あなたの愛の証がついてしまうのである。噛む部分は、肩がベスト。また、奥さんの視線から逃れることができない頬、手の甲、唇、胸などは、極めつきの部分といえる。ただし、彼は社会人である。他人の恥さらしとなることを承知の上でチャレンジしていただかなくてはならない。

B．ふたりの関係を立証するものとは

奥さんにあなたの存在を何げなく匂わせたい場合は、デート（セックスを除く）に関係したものを、彼の上着の内ポケットやカバン、財布の中にしのばせておくだけでOK。これには、映画、コンサートのチケット2枚、高級レストランのマッチ、あなたの利用する駅の切符などがある。

以上のものを使って、奥さんをより、挑発したい時は、靴の裏や、ワイシャツの背中の部分に、彼に気づかれない時を狙って両面テープで貼りつけるといい。

また、あなたの存在を暴露したければ、イヤリング、口紅、明らかに女性の衣類についていたと思えるボタンなどを、彼に持たせよう。もし彼が車を持っているなら、その中に落とすのが、一番理想的である。

◉不倫の恋ごよみ　いけない恋に走るオンナ心の浮き沈みが身にしみる

1月

彼に会えないお正月。家族とおせち料理を味わいながら、半分うわの空の私がいる。父親のずいぶん白くなった髪の毛を、そして、目じりの皺が和らいだ表情をつくる母親を見ているうちに、いけない恋をしている自分がつらくなってくる。

一年の門出を祝うムードが残る1月。今年は一体どうなるのかと、不安と期待が入り混じり、何となく落ち着かない気分が、彼に意地悪をさせてしまう。

2月

2月14日のバレンタイン・デイ。急ぎ足でデパートのチョコレート売り場へ向かい、あれこれ選ぶのに迷う私。希望に満ちた笑顔の女の子たちを横目に、〝あのプレゼント、彼の奥さんにバレないかしら〟とつい心を曇らせてしまう。

家に持ち帰ることのない、私からのカードや可愛いリボンで飾られた包装紙。それらの行き場所を考えなければならない彼の方が、ずっと私よりせつなくなるだろう。

3月

長過ぎた冬に別れを告げ、柔らかい陽差しが、新しい季節の扉をノックする3月。木枯らしに追われるように背を丸めて街をさまようすべての恋人同士たち、活気を取り戻させる時間《とき》が始まる。

ふたりだけの旅行やピクニックがしたくなるこの時期、〝そういえば、私と彼が一緒に写った写真、1枚もない〟ことに気づき、しまっておいたカメラやボストンバッグの手入れに夢中になってしまう。

4月

桜の並木道を歩きながら、出勤するフレッシュな季節、4月に突入。入学祝いに万年筆を贈る父親の気持ちがしみじみと伝わってくるCMが流れるたびに、テレビのスイッチを切るバカな私。

彼と、彼の子供が、仲良く玄関を出るシーンが頭から離れず、冷蔵庫のビールに手を出して、酔いにまかせてベッドに入る。〝あなたの子供、何年生になったの〟と自然に尋ねられる大人の女性に憧れながら……。

5月

ゴールデンウィークの予約は早いもの勝ちと意気込んではみても、なかなか積極的に話を切り出せないでいる私。

思いきって、高原の旅行を打ち明けたら、意外と簡単に〝OK!〟の返事が戻ってきた。傷つくのが恐いからって、願望を自ら消去するのは、ストレスの原因だもんネ、と鼻歌まじりでガイドブックのページをめくる。

〝言いわけをする彼は大変だろうな〟なんて、他人事《ひとごと》のように受けとめたりして……。

6月

彼との恋がマンネリ化してしまうのが6月。雨が降ったりやんだりの中途半端なお天気と同様に、私たちも、喧嘩しては仲直り。

ふたりの恋に、何か刺激をプラスすることから始めた、ひとり暮らし。両親に内緒で、週に一度は彼を招いて、ささやかなパーティを開くようになった。外で梯子《はしご》酒《ざけ》をするよりも、ずっと側で甘えられるから、最高にハッピー。だけど、お互いのライフスタイルを崩さないように、注意しなくっちゃ。

7月

彼と出会ってから、ちょうど1年。すこし陽に焼けた肌に、白いシャツがとても素敵だったことを覚えている。

二度目のデートの時に、かすみ草の花束を両手いっぱいに抱えて、彼が訪れた。〝あの日のキミと同じワンピースで待っててほしい〟といった言葉の意味、今になってやっとわかった。少々キザでセンチメンタルな部分は彼の致命傷かもしれないけれど、私は大のお気に入り。

8月

会えなくても、電話連絡だけはくれたのに、10日間も音沙汰がなかった8月。ずいぶん陽焼けした顔が、家族とのヴァカンスを物語っているのに、〝仕事が忙しくて〟と泰然自若と嘘をつく彼。優しい嘘でも許せなくなるほど、家庭ある彼に腹立たしさを覚えるようになる私。

こういう気持ちになるまいと努力したのに、8月のさんさんと輝く太陽がいたずらにも嫉妬の炎を燃やすように挑発するのだ。

9月

強い西陽が、夏の終わりを感じさせる9月。まだ、風は決して秋の涼しさを持たないのに、私はメランコリーな気分になる。

〝結婚適齢期を過ぎて、このままでいいの？　ダメよ〟と自問自答するのは、もうすぐ迎える25歳の誕生日のせいかもしれない。

そんな話は実際にありはしないのに、〝今度、お見合いをするの〟と彼に言ってみたくなる。〝そんなもの、するなヨ〟と言われるのを期待しながら。

10月

どこからともなくノスタルジックで悲しげな匂いのする風を運んでくる10月。

彼を、喫茶店でうつむきがちに待つことにも、お部屋で奥さんの真似ごとをして待つことにも、なんだか後ろめたさを感じてしまう季節。

〝もう待つのはたくさん！〟と私の中から、彼に対する反発心が湧き起こってくる。思い出と、彼の欠点をひとつずつ拾いながら、いつでも別れられるように、自分をしむけている自虐的な私。

11月

そろそろコートの衿を立てる人々が目立ってくる11月。ついに、彼との別れを決心した。〃季節がキミをそうさせるんだ〃と彼はそれを止めようとするけれど、〃でも、いつかは別れがくるものよ〃と私は姿勢を崩さない。

押し問答の挙句、ふたりで行った、別れの記念旅行。寂しそうな顔をしたのは、彼よりも私の方だった。〃やっぱりやめよう〃と言った私。ホントに意志が弱くってイヤになっちゃう。

12月

あれほど別れで悩んだのに、12月に入ると、頭の中はクリスマスのことでいっぱい。プレゼントは何にしようか、お部屋で開く、ふたりだけのパーティのメニューは何がいいか、思いきって親友の女の子を招こうかと心が弾む。

でも私は、クリスマス・イブには彼に会わないつもり。紆余曲折の末、すこしは人間が大きくなったのかも。思いやる気持ちがあってこそ、素敵な恋ができるような気がする。

涙のウェディングドレス

彼の友だちに会いたい

今の世の中、排他的というのはクラい。至上の愛はふたりきりの世界にこそあるなどというのは、ひと昔前の純文学青年にまかせておきたい。どうせなら、時には友だち同士でワイワイと騒ぎたい。いつも、ふたりでお酒をでは、クラい不倫がますます、クラくなる。

しかし、そう考える時、難しい問題が出てくる。まずふたりの仲を誰が知っているかということだ。たとえばふたりはオフィスラブで、仕事の帰りに何人かで飲みに行くとする。それは、それなりに楽しい。他の人はふたりの仲を知らず、皆でしゃべり、騒ぎながら、こっそり熱く見つめ合ったり、こづいたり。「今日は○○さん（彼のこと）に送ってもらおうかなぁ」なんて、聞こえよがしに言ってみるのも、余興としてはおもしろい。

ただ、学生時代の友人や、別の会社の友だちに「彼なの」と言って紹介したい思いにかられる時がある。そんな時困るのは、自分の友だちが非常にモラリストの場合だ。ただですら、そんな人と付き合うのはやめた方がいいと諭されていれば、会わせることはできない。カップルで飲もうという時も、友だちは彼氏も含めて全員、20代前半で、自分の彼だけが40代では、どうもシックリこない。

そうすると、今度は男の友だちに会いたいと思うようになる。40代の男友だちの中に20代の女がいてもさしてジャマにはならない。ところが、男の方がどれほど女の存在を自分の周りに話しているかが問題になる。男は妻に知られることを極度に恐れていることは明らかだ。とすれば、妻とも交際のある友だちは避けるだろう。ちょっとした言葉のハシバシで妻に感知されるかもしれないからだ。それに男は、年のくせにこんな小娘にトチ狂ってと自分の友だちに思われたくないのかもしれない。逆に、こんないい女と付き合っているのかと友だちに思わせたいのかもしれない。

しかし、男が自分の友人を女に会わせるか否かは、恋のバロメーターにはなるだろう。女の方から会わせて会わせて！　と叫ぶことはやめたい。あくまで、毅然としていることが長い目で見て、女にとって有利なのだ。

友だちの結婚式

新郎新婦がすこし照れくさそうに、でも嬉しそうに会場に入ってくる時、うわべはにこやかな笑みを浮かべて拍手していても、心は決して穏やかでいられない。特に学生時代の同級生だったりすると、どうして同じように育ってきて私だけ、あんなオジサンを好きになってしまうのだろうと、我と我が身を哀しく思う。

別に、若い結婚適齢期の男性から全く誘いがなかったわけじゃない。私だって結婚しようと思えばいくらでもいた。いや、今だっている。A君、B君、Cさん……。あれこれ、できる限りのボーイフレンドを思い描く。こんな時は、あまり気のなさそうな男でも自分に惚れているんだと勝手に思って、自分のコマのつもりで数えてしまう。結局のところ、自分で自分を納得させるだけなのだから、自分さえ満足ならいいのだ。

でも、私はその誰とも結婚したくない！　私は、たとえあの人が結婚していてもあの人しか愛せない。愛のない結婚をするくらいならしない方がましなのだと、強く思い、自分に言い聞かせる。

そして新婦のことを考える。もし新婦と仲がよくて、本当は別の男が好きで、結婚のための結婚だったりすると、新婦をケナしたくなる。

何よ。あの子ったら××さんのこと好きで肉体関係もあったくせに、男を知らないそぶりで、ちゃっかり見合い結婚しちゃって。私はそういう、タテマエ論的な結婚はできないわ。

と、これまた、自分を正当化するべく頑張るわけである。さして悪意はない。ただ、結婚式というセレモニーの前では、いかんせん自分の置かれている立場のやるせなさを目の当たりにしなければならない。人から後ろ指をさされる自分の後ろめたさにさいなまれるのである。

そして、たとえ、万が一、男が離婚してくれて、自分と結婚できるとしても、こんなに盛大なパーティはできないだろうと、気持ちはどんどん沈み込むわけだ。唯一、私は愛に生きているという支えがなければ、不倫の恋をする女は結婚式の場にいることができないかもしれない。

白い皿の上のステーキにナイフを入れながら、ふと新婦を見る。何故か涙が浮かぶ。あわててナプキンで目頭を押さえたりして。涙でウェディングドレスがにじんで見える。私は絶対に純白のウェディングドレスなんて着られない！　もし、女がもともと結婚式なんてばからしい、ウェディングドレスだの白無垢だのなんてヤだ、と日頃思っていたとしても、世間に受け入れられない自分たちの愛がひどくみじめに思われる、友だちの結婚式なのである。

それでもまだ、結婚適齢期のボーイフレンドがいる女はいい。普通に結婚したいのに、好きになる人はみんなオジサンばかり。ちょうど手頃な男性は好きにもなれないし、好きとも言ってくれない。私はオジサン好みの女なんだわ、と落ち込む場合は悲惨だ。もう結婚式が通りすぎるのを待つのみである。

20代前半の不倫と後半の不倫が、その性質を異ならせるひとつの理由は、結婚ラッシュ期間か否かということだ。誰しも周りのムードに左右されるものだ。ところが、のど元すぎれば熱さ忘れるで、結婚式も一日だけのことで、一日が終わればまた、不倫をする女も立ち直る。立ち直るだけの価値がその不倫の愛にあるということが前提だが。結婚適齢期をすぎれば、結婚式はメッキリ減り、次は出産ラッシュとなる。この頃には、女は自分自身の人生設計を始めなければならないのだ。あまり、周りの状況に振り回されてはいられなくなる。

ともあれ、友だちの結婚式は不倫の愛には鬼門《きもん》である。結婚式というのはたいてい土・日で、結婚式のあと彼と待ち合わせて、どうにか、自分だってハッピーだと思いたいところだが、それもままならない。とりあえずは女友だちとしゃべくるか、フテ寝、やけ食いくらいしか、フラストレーションを解消するテはない。

初めての浮気

向こうにだって妻がいるなら、こっちだって男のひとりやふたりいて当然！　と思う女は案外少ない。不倫のかけもちなどは論外だ。何故なら、この本で取りあげている不倫の恋は、それほどどいい加減ではないいし、愛人バンクのように金銭目当てではないからだ。

ただ、どうしようもなく心を吹き抜ける冷たい風穴を埋めるために、浮気をしてしまうことはある。

「もう不倫の恋をして3年になるけど、浮気をしたのは1回かな。出会った時、彼の奥さんが妊娠3カ月で、セックスのはけ口じゃないかっていう不安がいつもあったの。子供が生まれて1、2カ月した頃かな。やっぱり彼は子供が可愛くて、疎遠になりかけてて、その頃、高校の同級生とバッタリ会って。会った日に寝ちゃって。私は彼に対する腹いせとか、寂しさからだったけど、同級生の方は本気だったから、ちょっとシビアに三角関係になってた。結婚してくれって同級生は言うし、私はどうしてもその人を愛せなかった。1年くらいゴタゴタしたけど、結局、妻子ありの方を選んじゃって、今やくされ縁。惜しいことしたかなって思うけど、ま、仕方ない」

（27歳・澄子・OL）

肉体関係を持たずに、あれこれのボーイフレンドと付き合っている女は結構多い。また、それを男に言うことで、優越感を持ったり、男の愛を燃え立たせる手段に使ったりする。自分は若くて、他の男性だって愛してくれることを誇示したい気持ちもある。ちょっとしたやきもちもやかせてみたくなるのである。

ところがおもしろいことに、男は自分より年の若い男と女が遊んでいても、さして危機感を抱かない。むしろ、自分と同年輩の男にライバル意識を持つ。

よく、小説や漫画で「若い男がいいんだろう！」と怒鳴る中年男（こういった場合、ダンディで恋愛の対象になるようなステキな男ではない）がいるが、どうも、あれはあまりいい不倫の恋のお相手ではなさそうだ。それとセックスがらみの時によく出る発言である。若い男を温かく見守れない中年男は、若い女の心をつかむこともできはしないのだ。どちらにしても、他の男性とのデートをきっぱりやめてしまうのは、絶対によくない。別に男に嫉妬させるつもりでもいいから、付き合いは広く持つことだ。だが、寂しさから肉体関係を持つのは考えものである。ますますミジメになるだけのことが多い。

いかにして心の安定を保つか

周りに左右されるのも、適齢期の独身女性だからである。いつ情事は終わりになって、社会の中にポンと放り出されるやもわからない。紙切れ1枚でも社会的な後ろ盾がある人妻は本当に気楽なものである。男の愛だけがすべてと思うにはあまりに不安定な不倫の愛に生きる女性たち。そこで、これだけは守りたいあれこれをあげてみる。

1．男の愛の中にいるうちに、自分が一生を賭けられる仕事の道を探しておく。精神的支えのあるうちは好きなことがやりやすい。もし失敗しても立ち上がる勇気が出る。転職を考えるいい時期である。現在の自分の仕事を冷静に眺めてみよう。

2. 男の近くに住まないこと。自分が従属しているのではなく、自分自身で自立して生きていることを男に悟らせる。距離的に近くて行き来しやすいからと、男のために引っ越しをすると、男はつけあがる。常にプライドを持って。愛しているなら、どんなに遠くても男は必ずやってくる。

3. 男に外での食事、ホテル代などをおごらないこと。いくら自立しているからといって、お金をみつぐ必要はない。男が家族をかかえて大変だろうという甘い顔は禁物。

4. 他の男性とのデートはやめないこと。これは前述のとおり。もしかしたら、もっといい男も出てくるかもしれない。排他的になるのは一番危険。

5. 人から後ろ指をさされる生活だといって、友だちや自分の家族と疎遠にならないこと。むしろ友だちには相談をもちかけたり、さりげなく会ってもらったりする方がいい。

6. 言葉は絶対に信じないこと。言葉はその時のムードでどうとでもひるがえせる。それは嘘をついたとか、だましたということではなく、優しければ優しいほど、優柔不断なのだ。断固たる信念のある人は不倫の恋などしないもの。それでも好きなのだから、言葉を信じて男を責めない。自分が信用しているのは男の行動だけ。

7. 男からの電話を待って時間をつぶさない。妻と男との妄想で時間と精神力を費やさないこと。

8. 自分の生活費、住居費などを男に出させないこと。金銭的援助はできる限り受けない。自尊心を失うな。

9. 仕事に熱中できなければ、スポーツジム、英会話など何でもいいから、外へ出る機会をつくること。旅も友だち同士で楽しむこと。

10. 必ず、自分の気持ちが安定している時に会うこと。相手の仕事が忙しいといって、自分を犠牲にして相手の都合に合わせてはダメ。自分のペースを守ること。

不倫の冬

妻との戦い PART II

妻とのセックス

不倫の関係が長くなってくると、セックスの関係も見逃せないものになる。女は男がどんなふうに妻との性生活を維持しているのか、知りたいと思う。過去にどんな性生活を送ってきたかはたいした問題にならない場合が多い。女は妻子ある男との恋に落ちた時から、ある程度それは覚悟しているからだ。妻との間に子供がいれば当然、正常な性生活を送っているだろうと想像はつく。

アメリカで言われるほど、女性が男性を求めすぎることは少ない。たとえばモア・リポートなどいくつかのアンケート調査で夫婦間の性生活の不満は取りあげられてはいるが、直接それが原因で愛人をつくることと、この本で取りあげている不倫の関係が同一視されるのは、大変、遺憾《いかん》に思う。そうではないのである。性生活の充実には心と心の通じ合いがあってこそだと信じる。多くは若い女の子たちの不倫の恋である。処女だったという女の子が多いのも、その真剣さ故だと信じたい。初めの頃は妻と男とのセックスを想像すらしない。肌がなじみ、互いにあうんの呼吸ができる頃、もしかしてと淡い疑問が頭をもたげるのである。

「彼は自分から言いました。42歳なんですけど、私と付き合って2年間、一度も奥さんとそういうことはないって。男はすごく精神的な動物で、今、奥さんに対して愛を感じられないから、要するにしようと思ってもできないんだそうです。私は処女ではありませんでしたけれど、別に会うたびにそういう関係を求めるほど、スキモノ（笑）でもありませんし、何もしない状態が半年以上、関係を持ってからもいつもというわけではありませんでした」


（22歳・千代子・OL）


――でも、男の人って欲求が強いわけでしょ。奥さんとベッドインしてるとは思わなかったの？

「ええ、別に。だって彼もそんなことできないって言うし」

――あなたとも奥さんとも肉体関係がそれほどなかったとしたら、彼は自分でしてたか、不能かもしれないわね。

千代子は軽蔑した目つきをした。

「そんなふうに考える方がおかしいんじゃないですか」

不倫の恋をするには、単細胞で彼女くらいの素直でのんびりとした、悪く言えば神経のにぶさが必要な場面が多くなる。神経質にあれこれ考えると、考えすぎて気がおかしくなる。

男がすべて精神的な動物ならば、たとえばソープランドに代表されるようないわゆるセックス産業は、存在し得ない。しかし、千代子の彼くらいの説得力を持つ男でなければ、不倫の恋と家庭の二重生活はそうそうできない。第一、妻を殺したいくらい憎んでいるならともかく、ただですらやましい気持ちで恋人と関係を続けるのなら、罪滅ぼしの気持ちも妻に働くことだって、十分ありうる。それを逆手にとって、「女房と何もしなかったら、絶対、疑われるから」と、恋人と妻の両方とよろしくやる男も多い。

ただ鉄則は、女に対して、女房と性生活が今現在あるということを決して悟られてはならないということだ。

「きのうの晩、奥さんをさわった手で私をさわらないでねって、私と彼との情事の前には必ず言ったの。初めのうちは、もしかしたら前日、奥さんと寝て、翌日、私ということもあったかもしれないけど、今はそんなことないと思う。前の晩がヤなのよ。奥さんとの性生活の片鱗《へんりん》を見せてほしくないだけよ。だって奥さんは奥さんなんだから、そういう生活があって当然なんだもの」

（25歳・基子・コピーライター／相手の男・39歳／不倫歴3年）

結局、男が妻と関係を持っているかどうかは女にはわからないのである。

妻の妊娠

ところが、妻が妊娠したことがわかった時、それは男と女の進むべき道をある程度、決定することがある。

青柳悦子は、男と付き合った2年目の春、男の妻が妊娠したことを知った。男はたまたませがまれて関係を持ったところ妊娠してしまったのだと言った。悦子・25歳、男・37歳、妻・35歳、ふたりめの子供だった。

「逆算すれば週に2回は私のアパートに来て肉体関係を持っていた頃、彼は奥さんともセックスしていたことになります。それまで暗黙の了解で、奥さんとは関係を持っていないと思っていました。私がバカでした。ひとつ屋根の下に暮らしていれば、奥さんだって愛の証を欲しがることだってあるはずです。それに1年もの間、夫が妻に触れなかったとしたら、奥さんだって変だと思うでしょう。

でも私が許せなかったのは、何故避妊をしてくれなかったのかということです。彼が妻の中で果てたことがたまらなかった。私とのセックスでは彼は神経質なくらいきちんと避妊をしていました。それは私に対する愛だと思っていた反面、この人の子供が欲しいなという気持ちにさせる行為でした。でも奥さんには万が一、子供ができてもいいと彼は考えていたのかと思うと、私は悲しかった。別に結婚してほしいと迫ったことはなかったけれど、私が苦しんでいたのは知っていたはずです。それなのに、妻、子供ひとりの家族の上にまだ自分と奥さんとの間の係累を増やしても何にも感じない彼の無神経さが、最後は腹立たしかった」

悦子は男の妻が出産する頃、別れた。妻の妊娠のあとも、悦子と彼の関係は続いていたが、やはり、彼女の心の中のわだかまりが氷解することはなかった。

妻の妊娠は多かれ少なかれ衝撃的なことに違いない。しかしそれは女に踏ん切りをつけさせるきっかけにはなる。青柳悦子は言う。

「彼との結婚は望めないとしても、これからどうしていったらいいのか、私にはわからなかった。奥さんは私たちの関係に全く気づいてなかったらしいし、私もとりたてて騒ぎを起こす気もなかったし、停滞状態でした。奥さんの妊娠はちょうどいいしおどきだったかもしれません。私に彼との別れを具体的に考えさせてくれたのですから」

妻の発見

どんなに上手に隠れて付き合っているつもりでも、何かの拍子に奥さんにバレてしまうことはある。不倫の恋が本当に十数年も奥さんにバレずに続くことは稀である。女の方が意図的にバラすつもりの場合は別に譲るとして、妻が夫の不貞を発見した時、不倫の恋の行方はどうなるのだろうか。

「心のどこかで、奥さんにわかっちゃうといいなと思っていたことは事実です。自分から名のりを上げるほどの勇気はなかったけど、いずれ、三者会談みたいなことがない限り、私が彼と結婚することも暮らすことさえもできないんじゃないかと思っていましたから」

某広告制作プロダクションの経理に勤める笠原美智子は言う。彼女は今、25歳である。20歳、短大を卒業してプロダクションに就職。すぐに13歳年上の、当時33歳の同じ会社の営業マンと知り合い、不倫の関係を3年続けた。

——彼の奥さんはどんな人？

「直接、会ったことはないんですけど、ファッションデザイナーで、フォーマルドレスの会社に勤めてます。モデル出身の人だからたぶん派手な感じだろうと、周りの人たちが言うのを聞いて思ってました」

——何故、奥さんにわかっちゃったの？

「私たちのことは周りの人たちがうすうすは感づいていて、親しい友人には話してました。でも私自身はまっとうなことをしているとは思っていなかったから、極力、人には話さなかったし、もちろん奥さんになんて、とんでもないと思ってました」

——彼の仕事は代理店相手で不規則だから、夜遅くても奥さんは気がつかない……。

「ええ、外泊しても仕事で徹夜だったたって言えるし……。それより、私は自宅で両親と一緒でしたから、なかなか外泊はできませんでした」

——じゃあ、どうして？

「キセルの切符です」

——えっ？

「私の家は三鷹なんです。彼は大宮で。私を家まで送ってきてそれから電車で大宮まで帰ってたんです。それで、三鷹から大宮までだと、JRを利用すると新宿、池袋で改札なしで乗りかえて帰れるわけです。彼は定期を持ってて、三鷹でひと駅分の切符で入って、降りる時は定期で降りる。だから三鷹からの初乗り運賃の切符がポケットにいっぱいたまっちゃったわけです。付き合って1年くらいした頃です」

——そういうのって、知らず知らずのうちに手元に残ってしまうものね。

「ええ、それで奥さんがまず、変だなと思ったらしくて、でも奥さんも忙しい人だし、彼の営業先の何かかと思ってた。ところが、次に電話代が3倍以上になってるのに気がついたんです。彼は奥さんが遅くなる日はいつも夜の9時頃から11時、12時と、自宅の電話を使って私と話していたんです。奥さんは必ず、帰る前に電話をしてくるんで、これはもちろん、キャッチホンでわかりますから、帰ってくるまで電話で話したりして、奥さんが地方の展示会で出張した時も、よく電話してました。大宮から三鷹でしょ。電話代はかなりかかりますよ」

——でもどこに電話してたかわからないでしょ。仕事の関係だとか言えるんじゃない。

「ええ、そう言ってたんです。ところがNTTに問い合わせれば、どこの局番にかけたかわかってしまうんです。だからたとえば今月は03の××番に何回とか、それでうちの0422・××・××××に何回もかけてるのがバレて」

——うーん。

「三鷹の局番に、三鷹からのキセルの切符。これはもう、どんな人だって何かあるなぁと思うでしょ」

結局、笠原美智子との仲は妻に露見することになった。彼が妻に問いつめられて白状してしまったのである。

証拠を突きつけられ喧嘩になる。妻か恋人かどちらかを選択しかねない状況になる。これは男にとって最悪の状況だ。修羅場はお断りに違いない。しかし、女は男の決意を待っている。美智子もこの事件を起こそうと思って起こしたわけではないが、万が一の思いがけない幸せを得られるチャンスだと思ったはずだ。

妻に露見するきっかけは何げないところにある。ただ、告げ口は意識的なものが多いかもしれない。妻に心を寄せる男か、女にねたみを持つ誰か。妻はその告げ口を心底、信用することはないが、別の目で夫を見るようになることはあるだろう。

妻の静観

美智子はたぶん、これで大騒ぎになると思っていた。ところが妻は賢かった。わめきたてなかったのである。

「奥さんは彼を問いつめても、責めはしなかったんです。私に直接、怒鳴り込んでくることもなかったし、逆に、子供がいないのをいいことに家庭をないがしろにしていたことを反省したりしたんです。私はもっと騒ぎたててほしかった。そうすれば私はじっと落ち着いて接するつもりだったのに」

その後も美智子と彼との付き合いは半年ほど続いたが、美智子の方からふり切った。

「もう、彼は奥さんに頭が上がらないし、離婚もしてくれそうにないし。でもそれより、奥さんに対する敗北感がひどくて、自分がミジメに見えちゃって」

こんな例はかなり稀《まれ》である。たいていの妻はヒステリーを起こし、怒り狂い、傷つき、屈辱感にさいなまれ、夫を怨《うら》み、愛人を憎み、離婚してやると叫ぶ。そう冷静ではいられない。

「私の選んだ主人です。女の方から見て魅力的なのは当然ですわ」

こんなセリフを平然と言ってのけられる妻が何人いるだろう。

しかし妻が結婚生活に満足して、夫を嫌いでなければ、夫が少々の浮気をしても仕方ないと考える。プライドが傷つけられ、ジェラシーが燃え立っても、もしかしたら夫の浮気は気の迷いだと信じられる。責めたてて夫と縁切れになれば、子供は、自分の生活はどうなるのかと、現実的な問題がまず脳裏をよぎる。夫婦の関係はまずくとも子供のためにと考える。

反面、愛人が夫とうまくやるなら、絶対、別れてやらないと復讐心に燃える妻もいる。紙切れ1枚の重みを十分、夫に味わわせてやりたい。しかし愛人にしてみれば、たとえ、離婚しなくても、一緒に暮らせるのだからいいとしなくてはならないかもしれない。

夫婦の関係を立て直すべく妻に努力を始められるのが、一番、女にとってこたえる。男にしても長年、慣れ親しんできた家庭の手ざわりは捨てがたい。すぐさま、新しい巣へ翔ぶにはパワーがいる。妻に対する感情も女との愛が燃えさかる間こそ、下火だったにしても、とりたててどうということはない。むしろ、自分の不貞の方が責められる。そして子供。子供には何と説明するか。

妻が静観する時、女は袋小路へと追いつめられる。

妻と女が出会う時

山口博子は35歳の翻訳家である。男は58歳。半同棲を始めてもう5年の歳月が流れた。男の妻は57歳。40代後半から高血圧で寝たり起きたりの生活である。妻は言う。

「外に愛人がいても仕方ないと思っていました。あちらはお若くて、お会いした時、しっかりした方だとも思い、週の半分ずつ、主人を共有することにいたしました。主人との性生活は、30代終わり頃から正常に保てない有様で、悔しい気持ちですが、今となっては主人に申しわけなく思っています。ただ、あちらに子供をつくることだけはやめていただいております。私どもには子供ができませんでしたし、やはり、人の子。子供ができれば、主人は完全にあちらへ行ってしまうでしょうから」

妻にハンディがあり、妻がそのハンディに素直な時、夫は共有できるという例である。山口博子は今の状態に満足しているという。

「私が彼と知り合ったのは13年前、7年間がまんして、やっと今のような状態になれたんです。それは子供も欲しい、籍も入れてほしい、毎日、一緒にいたい。でも、私は何といっても後発ですから、仕方ないってもう、割り切っています」

妻の行動はほんの一寸先を見ているか、長い将来を見渡しているかで決まってくる。しかし、相手の女を知りたいという気持ちは必ず持つ。もし相手の女が若くて、教養もあるいい女であれば、劣等感と嫉妬心でグチャグチャになる。何の魅力もない小娘なら、くだらないと腹を立てるだけのことなのだが。敵の正体が見えないのは、より不安にさせる。

「私の彼は、彼の体からディオリッシモが毎晩匂うので奥さんに発見されちゃったんだけど、奥さんは、相手は飲み屋のママだと思ってたらしいの。奥さんはお嬢さんの通う私立高校から慶應に入った秀才で、彼ときたら二流国立大学を出たしがない編集者。よく新宿のゴールデン街で朝までクダをまいてたらしいの。それでてっきり、旦那の相手が水商売の女と思っちゃってね。私は絶対、自分から名乗り出たりしなかったから、奥さん、イライラしちゃって。ある晩、彼の飲み歩きそうな新宿の店を片っぱしから探しまくっちゃって。その時は偶然、私の家にしけ込んでたんで助かったけど」

（25歳・純子・フリーライター）

妻が自殺未遂をはかったり、実家へ帰ってしまったり、ふたりでいるところへ乗り込んできたり、刃傷沙汰《にんじょうざた》になったりと、ふたりの情事が明らかになったあと、起こることは予想がつかない。ただひとつ言えることは、必ずや何らかの結論を、男・妻・女が出さざるを得ないということだ。言葉を換えていうなら、何らかの結論へ向かって歩き始めなければならないということだろう。

彼の子供ができた朝

もうひとつ、女が結論を出すきっかけになるのが、自分自身の妊娠である。今は中絶が日常茶飯事になり、レディスクリニックの増加も相まって、昔よりは容易に子供を始末することができる。だがこの時、男のとる態度で、男に対する女の感情は微妙に変化する。

「子供をおろしてから、はっきり、彼が私と結婚する意志がないことや、自分に納得する生き方しかできないことを悟ったわ。それが29歳の時かしら。それまでの6年間は雑誌や本を読んで、不倫の恋っていうと目を皿のようにして、うんうん、そうね、そうなのよと、他の人も同じように苦しんでいるのを知っては同病相憐《あわ》れんでたけど、子供をおろして以来、変わったわ。私は私で生きていくってね」

36歳になるイラストレーターの真佐子は言う。もちろん、子供をおろしてくれと懇願するのは男である。女が未婚の母になる勇気はないと男は知っている。しかし、子供ができると女は強い。25歳のＯＬ、吉田春美は、妊娠3カ月と知って、相手の自宅へ電話した。

「私のお腹にお宅の旦那さまの子供がいます」

もちろん、大騒ぎになった。

「それまで誰ひとりとして私たちの関係を知りませんでしたから。子供ができなかったら、私は自分からバラすようなことはしません」

春美は出産した。認知はしたものの、まだ相手は離婚していない。どちらに向いてもスッキリした形になるまでには長くかかりそうだ。

「私の場合、実家の母が私に協力的だったから産めたと思います。母は私の花嫁姿をたのしみにしていたのに、事情を話して一番味方になってくれたのは母でした」

春美はちょっぴりつらそうに笑った。

しかし、たいていは子供は闇から闇へと葬り去られる。子供は男を離婚させ、自分との結婚へ向かわせる手段にはなり得ないのが普通である。

良い不倫・普通の不倫・悪い不倫

芸能人に不倫の恋が多く、どういうわけか、泣き寝入りせず、結婚してしまう場合が多い。あれは双方が金持ちだからである。

一般人である私たちの場合、99%、結婚はできないと思っていい。最後はロマンもへちまもなくなって『金』の問題になるのだから。慰謝料、子供の養育費。もしあなたが専業主婦になってしまうとしたら、彼の月給で、向こうの家族とあなたの家族——あなただって自分の子供を産みたいはず——を養っていけるだろうか。

否。できないという答えの方が多いに違いない。彼が財産家か、会社の社長、タレントもしくはあなたも働いて高給を食《は》んでいて、彼の月給はすべて別れた奥さん、子供に与え、あなたの給料で彼と自分の子を食べさせていくくらいでなければ、結婚など、到底、おぼつかない。

けれど、不倫の恋は止めようもない。男女の仲ほど不思議なものは、古今東西ありません！　というのが常識。

まただからといって、不倫の恋はイケナイ！　と言えるだろうか。結婚できない愛に生きることで、輝き出す女たちもいるのだから。

　まず、不倫の恋をすると、女は人に寛容になれる。ささいなことで腹を立てたり、わめき散らしたり、ヒステリーになったりすることはない。何といっても自分の愛する人には、〝本妻〟というどっかと腰をすえた女の存在がある。〝家庭〟という確固たる環境がとりまく、この障害をわかって愛しているのだから、少々のことが起こっても、女は動じなくなるのである。

　特に、若い恋人たちの無意味な、子供っぽいジェラシーに身をやつすことがなくなる。

「でも時々、いいなぁと思うことがありますね。無邪気にジェラシーしてみたいなって思うことね。だって、彼がちょっと他の女の子に親切にしたとかいって、真夜中に、ビービー泣きながら電話してくる子がいるでしょ。私はそんなくだらないこと、放っときなさいよなんて大人ぶってる。もうキチンと結婚の約束もできてる、何の問題もないカップルの、ちょっとした倦怠期のお遊びみたいなジェラシーって、ホントのとこ、うらやましい。私の場合のジェラシーって、奥さんに対してでしょ。問題は複雑すぎるもの」

　ちょっと寂しそうに笑ったのは、歯科技工士の智子（前出）である。

「ただ、いつも爆弾を抱えているようなものだから、女同士のいさかいや悪口といったこともすごく、くだらない問題に思えて、不倫の恋をするようになってからは、そういう問題に超然としている自分に驚くことがありますね」

不倫の恋は女を大人にする。大人にさせてしまうのである。

とどのつまり、自分の存在を奥さんに知らせるか、知らせないかで、必ず女は悩む。もし相手の男が奥さんと何の問題もない夫婦生活を送っているとしたら、奥さんにとって自分の存在は青天のへキレキになる。それなら、知らせないのがいいのか。

女は愛に悩み、考え、自分の生き方を模索する。結婚をあきらめてはまた、結婚という淡い希望を抱く。

愛人の立場は、どう理屈をつけようと暗い。忍ぶ恋は決して白日のもとにさらせないのだから、暗いに決まっているのだ。だからといって、暗くなってしまうのはイヤだ。つとめて明るくふるまうように、自らを叱咤《しった》する。

一体、愛って何だろう。家庭って何だろう。夫婦って何だろう。自分自身の家庭はどうだっただろう。自分の父母はどんなふうに愛について考えているのだろう。

不倫の恋をしているほんの何年間で、今までの人の生き方を変えてしまうのである。今まで見過ごしてきたことが気になったり、自分の思っていることを口に出す前に、相手の感情をくむ優しさと心の余裕が出てくるようになる。

それなら不倫の恋もいいではないか。つらいなぁと天をあおぐ。つらいことが生きていく知恵をさずけてくれる場合もあるのだ。

「私の結婚適齢期をあの中年男につぶされたのよ。私の青春を返してって言うのは、絶対、大げさじゃないんだから」

不倫の愛に費やす代償が〝嫁《い》き遅れ〟の烙印とヒステリー症なら、初めから不倫の恋に近づかない方がいい。

結局、不倫の恋の果てには別れしかないということをわかった上で、それでも不倫の恋でいい女へのステップを踏むことはできると私は信じている。

20代中頃から後半にかけて不倫の恋に落ちるか、もしくは不倫の恋が続く場合は、様相は異なるかもしれない。良い悪いにかかわらず、大人の不倫の恋になる。女は後半生への自立の仕方を問われ、男は不用意な言葉を出せなくなる。20代前半の不倫の恋に比べれば、男と女の情念がもっと激しく、もっと深刻にからみ合う。

不倫ぐせというのはよく言われる。それは何も妻帯者を狙い撃ちしているわけではなく、いくつになっても年上の男性にしか、愛を感じられない女が少なからずいるということである。

それはもはや、結婚という形式を完全に超え、至上の愛に高まっている場合と、悲惨なくされ縁になっている場合が一目瞭然である。30歳を超えて、自立したいい女が「なんであの人、結婚していないのかしら」とささやかれる時、たいていはいい不倫の恋の中にいる。男に従属せず、それでいて可愛い女。その心の奥には哀しみをかかえて生きてきたから、人間としての奥行きが出てくるのである。

こんなふうになれるなら、たとえ結婚できずとも、不倫の恋をするだけの価値はあるかもしれないと思う。

再び春は巡らないけれど

別れ際の美学

どんな恋もハッピーエンドは結婚だ、とは言えないけれど、後味のいい恋の終わりはそんなに多くはない。それにしても不倫の恋の幕切れは難しい。基本的には、女が自らの手で幕を降ろすのが賢明で、美しい。

しかし、その幕をゆっくり、静かに降ろすのか、ズタズタに破ってしまうのか、幕の降ろし方は千差万別だ。99％、男が離婚しないことを知って、去りゆくだけが女の取る道なのだろうか。

結局、女は損だと、コピーライターの飯森三樹は言う。

「当然、若い、家柄も社会的立場もいい男と結婚してやるのよ。みせつけよね。それでなきゃ、腹の虫がおさまらないわ。それだけじゃないわ。私の友だちのＯＬだけど、見合いで結婚したんだけど、結婚式の前日、不倫の彼の家に電話して奥さんに告白してやったらしいわよ。『今度は私も奥さんの立場になるから、お宅の御主人とのことを手本に、自分の旦那には若い女がつかないようにします』ってね。このくらいしなきゃ、若い体と心を吸いとられて、自分だけのうのうと暮らしていられるなんて、絶対、許せないわよ」

しかし、これも哀しい恋の結末である。ただ、不倫の恋は時が経つにつれ、男の、無意識の中のずるさがわかってくる。許せなくなってくる。

――でも一度は愛した男《ひと》だし、そう手ひどくはできないんじゃない？

「そうでもないよ。愛と憎しみは裏表ってよく言うでしょ。私はそれがよくわかったわ」

――あなたはもう、その若い男の人が見つかったの？

飯森三樹はふっと笑って視線を宙に漂わせた。その笑いは自嘲気味に見えた。

――彼にもう報告したの？

「あのね」

三樹は座り直した。

「ダメなのよ。できないの。彼以外の男が好きになれないの。ああ～っ、これが一番悲劇。心の中では、若いいい男と結婚してやる、このやろうっと思ってるけど、ダメ。ホント悲惨。でもこういう状態の女って多いんじゃないかな。とりあえず、何回も別れを言い出して、もう、これが最後のお別れって別れても、結局、彼以外の男じゃダメっていうか、愛せなくてまた、ズルズル。泥沼って感じになっちゃう」

もし女が何も言わず、ただ、あなたといても悩んでばかりだから、愛しているけれどお別れするわと、か細げな後ろ姿を見せて去っていったとする。男はどう感じるだろう。心の片すみでは、女を呼び止めたいと思っている。行かないでくれと叫びたい。しかし、彼女を自分の手元にとどめておく何の正当性も自分にはないことに気づいている。そして同時に、男は女への溢れんばかりの愛を抑えながら、ニッコリ笑う自分の痛ましい姿に酔っている。それを女は知っているだろうか。男はそんなシーンを夢の中で何度も思い描いているのである。そおぞましいことに、そんなシーンに憧れてさえいるのだ。家庭も社会的地位も傷つくことなく、心だけが傷つく、不幸な男になれるのである。

だから、女は美しく別れたくないと思う。死なばもろともと、決死の手段に出る。

20代後半に始まる不倫の恋が20代前半とは違うのは、もう彼女たちにはふたつの道しか残されていないからだ。ひとつは何が何でも男を自分のものにするべく、髪を振り乱してがむしゃらに突進していく道、もうひとつは、決して妻子に自らの存在を知らせず、自立して生きていく道。

しかし、後者の場合は全く、男にとって、これほど都合のいい女はない。それを知りつつも、女がその男しか愛せない時、もはや誰もどうすることもできない。

ふたりの新しい季節

不倫の恋にとりあえず決着をつけた男女は、一体、その後、どんな付き合いをしていくのだろうか。

それは別れ方によって違うかもしれない。静かにスッと女が幕を降ろせば、男には未練が残る。だから「セックスをしたいからじゃないんだ。ただ君といる時だけが安らぎなんだ」とまた、性懲《しょうこ》りもなく、誘い水をかけてくる。

女の方もその時、心をときめかす男が現われていなければ、その誘いに応じてしまったりする。

クレジット会社に勤める25歳の小島静子は、ある販売店の店長と不倫の恋に落ち、自ら、身をひいた。

「二進《にっち》も三進《さっち》もいかない状況でした。私は彼を愛していましたけど、彼が家庭を捨てられないのもよくわかっていました。だから会わないようにしました。でも彼の方が酔っ払って夜中の2時頃、電話をしてくるんです。お前だけを愛してるとか、すまないとか。もう一度、やり直したいと言わないところが彼の賢さであり、ずるさなんでしょうね。でもきっと彼は正直なんでしょう。そんな電話が週に2回くらいあって、食事だけでも一緒にと言われて、つい、会ってしまったんです。その時、ああ、会わなければよかったと思いました。会って、彼の顔を見たとたん涙が溢れて。結局、ホテルへ行ってしまいました」

電話で話をしている時は、言葉だけがスべっていって、なかなか相手に本心は伝わらない。言葉が丸味を帯び、血や肉となって迫ってくるのは、言葉を発する人間の表情や肉体があってこそである。生身の肉体が目の前にあるというだけで、簡単に判断を誤ることになる。

電話のおかげで完璧に関係を断ち切れたというのは、保険会社のＯＬ、河村久子である。

「私の方から会わないと宣言して、じっと我慢してたんです。つらかったですよ、ホントのとこはね。でも宣言の直後、相手が別の課に移って、同じ会社ながらあまり見かけなくてすんだんです。これは結果的にすごくよかった。彼は私の宣言を撤回してくれるよう、3日に1回は電話してきました。最初のうちは声を聞くとつらくて、泣いてばかり。私だって会いたいのを我慢してるのに、どうしてあなたは電話をして私をそそのかすの。どうして私をこれ以上、苦しめるのって、責めたりしてた。ところが、そんなことを1カ月も続けているうちに、電話を飽きずにしてくる彼がバカに見えてきたの。だって、奥さんと別れてくれるわけじゃないし、何なのかしらって、すごく冷静に私は彼に対処してるの。その頃、高校時代の友だちの結婚式で紹介された人と、2、3回デートしてたんだけど、私はその人のことを彼に相談したのね、どういうわけか。彼と不倫してる時、耐えられなくて浮気したことはあったけど、私、絶対彼に言わなかったのに。ペロッと言っちゃった。それで彼はますます、しつこく私に電話してくるようになって、その男と結婚するのかとか、いくつだとか、聞くわけ。そんな彼の声を受話器の向こうから聞いてて、私の不倫の恋はすっかり、ふっきれたなぁと思ったわね」

久子も、もし会っていたらまた元のさやに戻ってしまったかもしれないと言う。

女は何で男をふっきるのか。それは新しい男の出現？ それは女の意地とツッパリ？ もし、ふっきれた時、男と友人関係は保てるのだろうか。

「もう二度と会いません。いい思い出だし、別に顔を見たらまた恋心がなんてことはありませんけれど、会う必要がないと思います。今の恋愛を報告する必要だってないでしょう。不倫の恋に限らず、恋の終わった相手といい友だちになれるなんて、漫画か歌の世界だけじゃないでしょうか」

（26歳・昭代・OL）

「彼はカメラマンで私はスタイリスト。仕事が一緒になることも多いから、公にはよく会います。打ち合わせのあと、スタッフ全員で飲みに行くこともあるし、ふっきれたといっても、全く、会わないなんてことができないんです。ただ、私は今、一緒に暮らしている男性がいますから、別に彼を見ても何も感じません。彼が上の人に頼んでスタイリストに私を指名したと聞いた時は、私の能力よりも私への未練だなと思いましたね。この時、私は勝ったって感じました。私にとって彼よりも今一緒に暮らしている男性の方がずっと大切ですから。私は今や、彼と仕事が一緒になっても全く動じません。むしろ、のろけを聞かせているくらい」

（27歳・節子・スタイリスト）

「一年に1回くらい、連絡があれば会いますね。もう別れて4年ですが、誕生日には必ず、カードとプレゼントを贈ってきます。私が結婚しちゃったらどうするのかしら。どのくらいで彼をあきらめられるかはわからないけれど、やっぱり、大勢の男の人と、付き合うことだと思う。そのうちいい人が出てきたらもうけもの。彼に代わる男性が出てくればもう昔は振り返らないから。私は今、別にいい男《ひと》はいないけど、意地で会わないでいたら、なんか冷めてきちゃった。私は彼と付き合っている時、他の男性が全然、見えなくて、一度も浮気なんてしたことなくて、離れてみて彼を客観的に見るようになったのね。でもこうなるまでに4年かかったんだから、困ったものね」

（29歳・初美・医師）

相手の妻子に自分の存在を知らせ、自分の家族を巻き込んで、大騒ぎをしたにもかかわらず、男は離婚せず、別れてしまったとする。その時、女が確実な自分自身の世界を持っているか、ゴタゴタの最中に新しい支えを得るかしなければ、ぬけがら同然になってしまう。自尊心を持ち続けることと、相手に傷を負わせることは両立しないのかもしれない。

別れた相手と友だちでいられたり、こだわりなく会えるのは、現在の自分がハッピーだからである。別れた男と会う時は、一番よく似合う洋服を着て、美しく見せるという女が多かった。

それはもはや、その男に自分をよく見せたいのではなく、自分はあなたがいなくてもこんなに美しく、ステキな女で生き生きとしていることを見せつけるためである。

——僕と別れて君はきれいになった。

男にそう呟かせることができたら、大成功である。

99％、男は別れないことを頭にたたき込んで、それでも彼が恋人であることであなたが幸せなら、そして長い人生の目標が定まっているのなら、不倫の恋をしていけない理由などあるわけはない。

ただ、怨みを残して、生きていく希望をすべて彼に託して終わってしまう結末が明らかなら、不倫の恋はしない方がいい。

あとがき

この本を書いたのは、もう、20年前、１９８4年のことになります。文庫化に当たって、久しぶりに読み返してみました。古くも懐かしい80年代の世相、風俗が不倫の恋を彩っているのがわかります。通信手段が、電話から携帯電話やメールに変わったことはとても大きな変化でしょう。また、結婚については、男女を問わず、晩婚化傾向で、シングル志向も強くなりました。

しかし、そんな時代にあっても、不倫の恋はあまりほめられた恋ではないかもしれない。公然とは語りにくい恋かもしれない。でも彼を愛さないではいられない。そんな不倫の恋をする女性たちの喜びや哀しみ、苦しみは時代を超えて変わらないと思います。人を純粋に愛する気持ちの貴さは永遠なのです。ですから、あえて、内容にはほとんど手を加えてはいません。80年代の不倫の恋が、今、不倫の恋に悩む女性たちのひとつの道標になってくれたなら、とても嬉しく思います。

有川ひろみ

この作品は一九八六年七月大和書房より刊行されたものです。

不倫《ふりん》の恋《こい》も恋《こい》は恋《こい》

有川《ありかわ》ひろみ

平成16年2月10日　初版発行
平成20年1月15日　3版発行

発行者——見城徹
発行所——株式会社幻冬舎
〒151-0051東京都渋谷区千駄ヶ谷4-9-7
電話　03(5411)6222(営業)
03(5411)6211(編集)
振替00120-8-767643

印刷・製本—図書印刷株式会社
装丁者——高橋雅之

幻冬舎文庫

ISBN4-344-40481-5　C0195　あ-21-1